Hilary McKay, 1959 in Lincolnshire/Großbritannien als älteste von vier Schwestern geboren. Studierte Botanik, Zoologie, Englisch, Kunstgeschichte, Psychologie und versuchte sich in verschiedenen Berufen, bevor sie anfing zu schreiben. Ihr Erstlingswerk »Vier verrückte Schwestern«, 1994 bei Oetinger erschienen, wurde mit dem Children's Fiction Award ausgezeichnet, die Fortsetzung »Vier verrückte Schwestern und ein Freund in Afrika«, 1995 erschienen, mit dem Smarties Prize.

Die englische Originalausgabe erschien bei Victor Gollancz, London, unter dem Titel »Dog Friday«
Deutsch von Irmela Brender
Einband und Illustrationen von Manfred Bofinger
Gesamtherstellung: Clausen & Bosse, Leck
Printed in Germany 1996

ISBN 3-7891-4209-3

HILARY MCKAY

Ein Hund namens Freitag

Deutsch von Irmela Brender
Zeichnungen von Manfred Bofinger

Verlag Friedrich Oetinger · Hamburg

Mrs. Brogan und Robin
Mr. und Mrs. Moore
Familie Robinson
Dan
Der alte Mop

1

»Robin!«

Noch tief im Traum erkannte Robin die Stimme seiner Mutter und kämpfte sich wach.

»Er hat fest geschlafen!« sagte die Krankenschwester. »Der süße kleine Kerl! Wie alt ist er?«

»Zehneinhalb.« Und zu alt, um süßer kleiner Kerl genannt zu werden, hätte Robins Mutter fast hinzugefügt, doch dann ließ sie es lieber sein. »Hallo, Robin«, sagte sie so besorgt und sanft, daß Robin völlig wach wurde und sich verstört aufsetzte. Einen schrecklichen Moment lang dachte er, seine Mutter würde sentimental werden.

»Robin, du bist ein Riesenrhinozeros!« sagte seine Mutter, und Robin sank mit einem Seufzer der Erleichterung zurück in die Kissen.

»Hallo, Mom. Tut mir leid, wenn du dir Sorgen gemacht hast!«

»Wenn!« wiederholte Mrs. Brogan. »Wenn! Guck dich bloß mal an!«

»Jetzt, wo wir ihn verbunden haben, sieht er doch gut aus«, protestierte die Krankenschwester; Mrs. Brogans wenig mütterliche Bemerkungen schockierten sie sichtlich.

»Dann danke ich dem Himmel, daß ich ihn vorher nicht

gesehen habe!« sagte Mrs. Brogan, und die Krankenschwester schien zu überlegen, ob sie Robins Mutter hinauswerfen sollte. Zum Glück wurde sie weggerufen, bevor sie sich entschieden hatte.

»Sie lassen mich nicht aufstehen«, sagte Robin unglücklich.

»Armer alter Kerl.« Seine Mutter küßte ihn vorsichtig auf den Kopf. »Und jetzt habe ich auch noch die Schwester verärgert!«

»Sie ist eigentlich ganz nett«, sagte Robin. »Sie hat mir eine Flasche Orangensaft gebracht, die sie einem toten Patienten geklaut hat!«

»Robin!«

»Das hat er gesagt!« Robin wies auf das Nebenbett.

»Mom?«

»Ja?«

»Wie seh ich aus?«

Als Antwort kramte Mrs. Brogan in ihrer Handtasche und reichte ihm einen kleinen Spiegel.

Robin schaute in ein Gesicht, das er kaum wiedererkannte. Zwei schwarze Augen und ein verbundener Kopf. Eine Gesichtshälfte totenblaß, die andere von einer großen Mullkompresse bedeckt. Sein linker Arm war bandagiert und auf der Brust festgebunden, und was hatte er da am Hals? Das durfte nicht wahr sein! Er zappelte versuchsweise mit den Beinen und stellte fest, daß es stimmte.

»Ein NACHTHEMD!« schrie Robin. »Ein WEISSES WEIBERHEMD!«

»Geschieht dir recht«, sagte seine Mutter, »und überhaupt ist es kein Weiberhemd. Es ist ein Krankenhaushemd.«

»Es hat rosa Zeug am Hals. Hilf mir da raus!«

»Es ist sehr kleidsam, und du hast es verdient. Mach dir keine Gedanken über dein Aussehen, sag mir lieber, wie du dich fühlst.«

»Ich habe schrecklichen Hunger«, sagte Robin, nachdem er überlegt hatte, welches seiner Symptome am harmlosesten war. Er dachte nicht daran, seine Mutter mit der Beschreibung dieser gräßlichen Mischung aus Schmerz und Benommenheit zu ängstigen, unter der er litt, und sie würde ihm ebensowenig schildern, was der Anblick dieses Polizisten in ihr ausgelöst hatte, der neben einem Polizeiauto am Gartentor wartete. Für Mrs. Brogan war es wie die Wiederholung eines zwei Jahre alten Alptraums gewesen; es war sogar derselbe Polizist wie damals. Doch diesmal hatte er gewinkt und genickt und gelächelt, als sie näher kam, damit sie schon von weitem erkannte, daß nichts wirklich Schlimmes passiert war. Auch er mußte sich erinnert haben.

»Schrecklichen Hunger«, wiederholte Robin.

»Ich weiß nicht, ob ich dir was zu essen geben darf«, sagte Mrs. Brogan.

»Warum nicht?«

Sie deutete auf ein großes Schild an der Tür, auf dem in farbigen Buchstaben

FÜTTERN DER TIERE VERBOTEN

stand.

»Das ist nur ein Witz«, sagte der kleine Junge im Nebenbett und schaute anerkennend zu, wie Mrs. Brogan Kekse und Schokoriegel und Chips und Bananen auspackte. Er war schon so lange im Krankenhaus, daß seine Angehörigen ihn nicht mehr mit unbegrenzten Vorräten an Leckereien versorgten. Statt dessen brachten sie ihm Äpfel und lehrreiche Rätselbücher.

»Und«, sagte Mrs. Brogan triumphierend, »ich habe dir zwei Schlafanzüge mitgebracht. Und deinen Bademantel und Hausschuhe und ein paar Anziehsachen und deinen Kulturbeutel und die Bücher aus der Bibliothek.«

»Wie lang muß ich denn hierbleiben?« fragte Robin erschrocken.

»Keine Ahnung. Wahrscheinlich mehrere Stunden! So, und jetzt raus aus diesem Nachthemd!«

»Na also!« sagte sie ein paar Minuten später, als Robin ordentlich angezogen war und in ihrem Spiegel erneut seine Wunden betrachtet hatte. »Frisch und appetitlich wie ein Hundefreßchen! Oh, tut mir leid, Robin! Entschuldige, Robin! Entschuldige, Robin!«

Diesmal warf die Krankenschwester, die alles gehört hatte, sie wirklich hinaus.

»Es ist okay«, sagte Robin, als seine Mutter ihn zum Abschied umarmte. »Es war komisch!«

»Danke, Kumpel!« sagte Mrs. Brogan. »Morgen komme ich wieder. Träum was Schönes, und mach dir keine Sorgen. Morgen früh geht es dir bestimmt schon viel besser!«

Es war leicht, schöne Träume zu verordnen, aber schwer, sie zu bekommen. Als die anderen im Krankensaal längst in tiefem Schlaf lagen, spulten sich in Robins Kopf immer wieder die Ereignisse des Vormittags ab.

Am Strand warf jemand ein Spielzeug, das ein Hund holen sollte. Der Hund sah nicht, wo es landete, und suchte hektisch im Sand, bis Robin Brogan den Gummiring fand und ihn aufhob.

Einen Moment später sah der Hund den Ring und lief darauf zu, und Robin, vom Tempo und der Größe des Tiers überrascht, sprintete davon. Statt den Ring loszulassen, umkrampften seine Finger ihn noch fester. Dann begann die Jagd.

Der Hund war sehr schnell, und Robin wurde ihn nicht mehr los. Zuerst war der Junge überrascht und erschrokken, doch je länger sie rannten, um so größer wurde seine Angst, und er geriet in Panik. Als der Hund näher kam und Robin sein keuchendes Hecheln hören konnte, überwältigte ihn das Entsetzen wie eine Welle; er hörte weder die rufenden Stimmen noch sah er den Stein, über den er dann stolperte. Das einzige, was er überhaupt wahrnahm, war der Hund. Als Robin fiel, stürzte sich der Hund auf ihn.

Im Krankenhaus behielten sie Robin drei Tage lang zur Beobachtung für den Fall, daß sein Kopf verletzt war, doch dafür gab es keine Anzeichen.
»Jetzt sind Osterferien!« sagte Robin zum Arzt. »Und ich habe überhaupt nichts davon! Der Kopf **tut** mir noch nicht mal weh!«
»Mit Köpfen gehen wir kein Risiko ein«, antwortete der Arzt. »Noch nicht mal, wenn sie so steinhart sind wie deiner.« Sehr vorsichtig hob er Robins freien Arm, damit er die Beule an seiner Stirn betasten konnte, und die war so sensationell groß, daß Robin aufhörte zu protestieren.
»Wie geht's deinem Arm?« fragte der Arzt.
»Er ist noch taub von der Spritze.«
»Mach das Beste draus, solange es dauert«, sagte der Arzt, es klang unheilverkündend.

Die drei Tage, die Robin im Krankenhaus verbrachte, kamen ihm wie die längsten seines Lebens vor, und er war froh, wieder zu Hause zu sein, selbst wenn sein Zuhause nach dem hellen, blitzblanken Krankenzimmer schäbiger aussah denn je. Die Brogans bewohnten die Hälfte eines alten viktorianischen Hauses an der Küste von Yorkshire. Ursprünglich war es eine große Villa gewesen; Robins Urgroßvater hatte sie erbaut und Porridge Hall genannt. Er hatte sein Vermögen durch den Verkauf von Haferflocken erworben, und er war so stolz auf seinen erstklassigen Haferbrei gewesen, daß er sein Haus danach benannt hatte. Der Name war in einen großen weißen Stein in der Fassade gemeißelt. Robins Mutter schaute oft wehmütig hinauf und bedauerte, daß das Haferflockengeld die erste und letzte große Einnahme der Familie gewesen war.

Irgendwann in der Vergangenheit war Porridge Hall in zwei Hälften geteilt worden, und eine Haushälfte wurde verkauft. Als Robins Mutter die andere erbte, war das Gebäude heruntergekommen und schon oft ausgebessert, und die Leute sagten, es heiße Porridge Hall, weil seine Bewohner sich außer Haferbrei nichts leisten konnten.

»Und das stimmt beinah«, gab Mrs. Brogan zu. Sie strich die Fensterrahmen neu, taufte es um in »Seeblick« und versuchte das Familienvermögen dadurch wiederzugewinnen, daß sie Pensionsgäste für Übernachtung und Frühstück aufnahm.

»Wenn ich je anfange, mich wie ein Pensionsgast zu benehmen«, sagte Mrs. Brogan nach einem besonders unerfreulichen Besuch, »dann bring es mir schonend bei, Robin, und ich werde tun, was sich gehört, und mich von den Klippen stürzen.«

»Pensionsgäste tun nie, was sich gehört«, sagte Robin. »Aber wenn du wirst wie sie, dann werfe ich dich vielleicht selbst hinunter. Nur sagst du meistens, daß sie gar nicht so schlimm sind.«

»Hmm. Nun, meistens zahlen sie, bevor sie abreisen, das ändert die Sache völlig. Aber unter diesen Umständen werden wir nie reich.«

Die Geschäfte liefen tatsächlich nicht gut. Zwar arbeiteten sie beide schwer, und die meisten Gäste zahlten ihre Rechnungen, statt sich am frühen Morgen davonzuschleichen und keine Adresse zu hinterlassen, doch so schnell, wie das Geld hereinkam, fielen die Ziegel vom Dach, oder der Wagen hatte eine Panne und brauchte teure Reparaturen. Dennoch versuchten sie weiter, sich durchzuschlagen. Der Strand lag gleich jenseits der Straße, die Klippen auf beiden Seiten waren goldrot, und der Garten war wunderschön. Robin hatte sein ganzes zehnjähriges Leben hier verbracht und wollte nie anderswo leben.

»Freust du dich auf zu Hause?« fragte seine Mutter, als sie vom Krankenhaus zurückfuhren.

»Und wie. Haben wir Gäste?«

»Nein. Aber gestern nacht war ein schreckliches Paar da. Sie beschwerten sich, daß es kein heißes Wasser mehr gab. ›Ich wette, zu Hause baden Sie auch nicht beide zweimal am Tag im Wasser bis zum Hals!‹ habe ich zu

ihnen gesagt. Sie sind beleidigt abgefahren. Und bevor sie gingen, haben sie sich einen Tulpenstrauß gepflückt! Meine schönen Tulpen! Ich hätte die beiden mit dem größten Vergnügen erwürgen können! Mit dem größten Vergnügen! Was gibt es da zu lachen?«
»Nichts.«
»Es ist kein Zuckerschlecken, bei unserem Wind Tulpen zu ziehen! So, da wären wir. Zum Abendessen gibt es Makkaroni-Auflauf!«
»Prima«, sagte Robin, und dann waren sie zu Hause. Er sah sofort das Schild *»Belegt«*, das immer bei besonderen Anlässen aufgehängt wurde. Er bemerkte auch, daß die Zeile *»Gut erzogene Hunde willkommen«* übermalt war. Mrs. Brogan sah seinen Blick, sagte aber nur: »Wie geht's deinem Arm?«
»Gut«, sagte Robin, und das stimmte nicht ganz, aber er war so dankbar, daß gut erzogene Hunde nicht mehr willkommen waren, daß er sich nicht beklagen wollte.

Die Beule an Robins Kopf verschwand bald, doch die Stiche waren phantastisch. Vierundzwanzig, mit blauem Faden genäht. Sie heiterten den Schulbeginn enorm auf. Niemand in der Klasse hatte je etwas so Grausiges gesehen – jedenfalls nicht in Wirklichkeit. Robins Stiche in seinem linken Arm waren sehr wirklich und sahen schrecklich aus. Selbst nachdem die Fäden gezogen waren, hatte er immer noch Narben, und die waren fast so schlimm.
»Wie viele hat er?« fragten sie einander in der Schule.

»Dutzende. Etwa vierzig. Und die Fäden waren ganz verknotet.«
»Und dann ist er auf einen Stein geknallt! Er hatte eine Gehirnerschütterung! Drei Tage lang war er ohnmächtig!«
»Gar nicht!« protestierte Robin. Er konnte es nicht leiden, wenn soviel Wirbel gemacht wurde.
»Er hätte sich das Gehirn verletzen können!«
»Welches Gehirn?« fragte Dan. Niemand antwortete.
»Zeig mal die Narbe!«
Robin erklärte, daß es keine Narbe gab, doch er wurde überstimmt. Sie fanden eine Stelle auf seinem Kopf, wo die Haare in die falsche Richtung wuchsen.
»Da war sein Kopf gespalten!«
»Was ist mit dem Hund passiert? Wurde er eingeschläfert?«
»Ich weiß nicht«, sagte Robin. »Ich hoffe nicht. Ich glaube nicht. Es war meine Schuld, weil ich weggelaufen bin und mich losreißen wollte, als er meinen Arm faßte. Jedenfalls zur Hälfte meine Schuld.« Es klang tapfer, aber die Erinnerung machte ihm immer noch große Angst. Er redete nicht gern darüber, doch die Klasse konnte nicht genug davon hören. Dan, ihr früherer Held, wurde gar nicht mehr beachtet. Im letzten Halbjahr hatte er sich dadurch ausgezeichnet, daß er im Krankenwagen ins Krankenhaus gebracht wurde, nachdem er im Nachmittagsunterricht schreiend zusammengebrochen war. Blinddarmentzündung, verursacht durch zuviel Schulessen, lautete die inoffizielle Diagnose, und eine Zeitlang

war Bauchweh in Mode. Dan wurde oft als medizinischer Sachverständiger gebeten, die Schmerzen seiner Klassenkameraden zu beurteilen, und er hatte großes Vergnügen daran, seine eigenen Qualen immer wieder zu beschreiben. Jetzt war das alles vorbei, und Hundebisse und blaue Fäden waren an Robin verschwendet. Er zeigte nur seinen Arm und teilte die Tatsachen mit. Es blieb dem Rest der Klasse (bis auf den spottenden und degradierten Dan) überlassen, sich die dramatischen Umstände auszumalen. Und das machten sie hervorragend.

»Ein riesengroßer Hund hat ihn angefallen«, wurde in der Schule erzählt.

»Er hat achtzig Stiche im Arm!«

»Fast wäre er ihm abgerissen worden!«

»Sein Kopf war gespalten!«

»Richtig entzwei!«

»Sie haben ihn im Krankenwagen weggebracht! Er war tagelang ohnmächtig! Alle haben seine Stiche gesehen! Blaue Fäden und überall Knoten!«

Die Geschichte wuchs immer weiter, die Stiche vervielfältigten sich, und aus dem angeschlagenen Kopf wurde ein Schädelbruch. Die ganze Klasse bekam mehr oder weniger Angst vor Hunden, und die wenigen Schüler, die welche zu Hause hatten, sprachen nicht darüber. Es wurde anstößig, einen Hund zu haben. Jeder, der daran zweifelte, brauchte nur einen Blick auf Robins Arm zu werfen.

Dieser Zustand dauerte bis zur Hälfte des Quartals. Dan hatte Robin noch nie leiden können – unter anderem waren sie Rivalen bei der Suche nach Strandgut –, und Dan hatte sich immer darüber geärgert, daß Robin ihn nie als Anführer anerkannte. Jetzt wurde er Robins Feind.

»Wie kann man bloß damit angeben, daß einen ein Hund gebissen hat!« höhnte er.

»Das tu ich doch gar nicht!« sagte Robin.

»Nur damit dir alle nachlaufen!«

»Dir sind sie auch nachgelaufen, als dir dein Blinddarm rausgenommen wurde! Ich kann nichts dafür! Sie tun es einfach! Ich will das gar nicht!«

Das machte es für Dan nur noch schlimmer. Ihm hatte es gefallen, daß ihm alle nachliefen, und jetzt fehlte ihm sein Publikum sehr.

»Wau-wau! Wer hat Angst vorm großen Hund?« spottete Dan. Damit beendete er jedes Gespräch mit Robin, und dem fiel nie eine passende Antwort ein.

Es machte Robin keinen Spaß, vor Hunden Angst zu haben. Es war höchst lästig und peinlich dazu. Manchmal sogar sehr peinlich, besonders wenn seine Mutter sah, wie er zusammenfuhr, nur weil am Gartentor ein fetter Corgi hechelte.

»Hör mal, Robin«, sagte sie, »es gibt Hunde auf der Welt. Damit mußt du dich abfinden.«

»Ich weiß.«

»Na schön. Du mußt sie nicht mögen. Du mußt nur mit ihnen klarkommen.«

»Ich weiß«, wiederholte Robin.

»Du gerätst in Panik, bevor du nachdenkst«, sagte seine Mutter.

»Es ist ihr Atmen. Du weißt schon, dieses Hecheln!«
Mrs. Brogan schien das nicht für eine vernünftige Erklärung zu halten. Sie wiederholte: »Hunde atmen eben, Robin! Das müssen sie! Und sie wissen, wenn jemand Angst vor ihnen hat, und das reizt sie.«
»Alle in meiner Klasse haben Angst vor Hunden«, sagte Robin. »Außer Dan.«
»Quatsch.« Mrs. Brogan war immer sehr kurz angebunden, wenn der Sommer näher kam und die Feriensaison begann. »Dann ist Dan als einziger von euch noch bei Verstand. Ich habe schon immer gesagt, daß er nicht so übel ist! Und ihr übrigen habt nur Angst, weil es gerade Mode ist!«
»Sie sind verrückt vor Angst«, sagte Robin, doch seine Mutter hatte recht.
Mitten im Sommerquartal wurde alles anders. Das Nachbarhaus der Brogans, das fast ein Jahr lang leer gestanden hatte, wurde plötzlich verkauft, und eine Familie zog ein.
»Zwillinge in deinem Alter«, berichtete Mrs. Brogan, »ein Mädchen und ein Junge und ein etwas jüngerer Junge und ein kleines Mädchen von sechs. Ich habe mit ihrer Mutter gesprochen. Die Zwillinge kommen in deine Klasse. Ich habe sie gefragt, ob es sich lohnt, sie für die paar Wochen noch in die Schule zu schicken, aber sie will sie aus dem Haus haben.«
Mrs. Brogan freute sich, daß nebenan Kinder einziehen würden. In den letzten beiden Jahren, seit dem Autounfall, bei dem ihr Mann ums Leben gekommen war, hatte

sie beobachtet, wie Robin immer einsamer wurde. Sie wußte nicht, warum, weil sie nicht ahnen konnte, daß damals Robins Klassenlehrer die Schüler gewarnt hatte: »Ich möchte nicht hören, daß jemand von euch Robin mit Fragen nach seinem Vater oder dem Unfall belästigt. Laßt ihn in Frieden, wenn er wiederkommt.«
Robins Klassenkameraden hatten sich daran gehalten, doch weil es erstaunlich schwierig war, die Themen Väter und Autos immer zu umgehen, hatten sie sich statt dessen angewöhnt, Robin aus dem Weg zu gehen.

Die Rivalität zwischen Dan und Robin war auf dem Höhepunkt, als die Zwillinge den Schauplatz betraten. Es war in der Schule üblich, daß einzelne Schüler während der Morgenversammlung einen kurzen Vortrag hielten, und am ersten Schultag der Zwillinge hatte sich Dan dazu gemeldet. Mit viel Hilfe seines erstaunten Lehrers hatte er eine Rede über verlorenes Eigentum vorbereitet. Nachdem der Direktor die Zwillinge begrüßt hatte und die Entsetzensschreie über ihre Namen verstummt waren, sprang Dan auf und marschierte auf die Bühne.
»In der 4 a«, sagte er, »sind lauter trübe Tassen. Sie laufen Robin Brogan nach, bloß weil er ein paar Stiche im Arm hatte! Plötzlich haben alle Angst vor Hunden! Meine Mam sagt, in dem ganzen Haufen findet man keine zwei Gehirnzellen, die man aneinanderreiben könnte, und wenn diese beiden Neuen mit den komischen Namen nicht aufhören zu lachen …«
»DANIEL, RAUS!« brüllte der Direktor. »SOFORT

HINAUS! Warte vor meinem Zimmer!«
»Ich sage nur, was ich denke!« sagte Dan und ging zur Tür.
»HINAUS!« wiederholte der Direktor. »Alle aufstehen! Wir singen jetzt *Sommersonnen strahlen*, und so sehr es mir auch widerstrebt, neue Schüler an ihrem ersten Tag vor die Tür zu schicken, werden die Robinson-Zwillinge Daniel Gesellschaft leisten, wenn sie sich nicht beherrschen können! Danke, Mrs. James!«
Mrs. James schlug die ersten Töne an, die Schüler standen auf und sangen, und Peregrine und Antoinette stolperten kichernd hinaus zu Dan, der sich inzwischen doch Gedanken darüber machte, ob es klug gewesen war, diese Rede zu halten.
»Er hat uns auch rausgeschickt«, sagte der Zwilling, der als Peregrine vorgestellt worden war. »Habt ihr immer so tolle Versammlungen?«
»Kümmere dich um deinen Kram«, sagte Dan finster.
»In unserer alten Schule waren sie stinklangweilig«, sagte die Zwillingsschwester. »Wir hätten vielleicht was erlebt, wenn wir so was gemacht hätten!«
»Ach, halt den Mund!« Dan fürchtete, daß er selbst etwas erleben würde, und wollte nicht auch noch daran erinnert werden. »Warum habt ihr so komische Namen?«
»Unsere Eltern haben sie ausgesucht.«
»Dann müssen sie übergeschnappt sein! Peregrine und Antoinette!«
»Sie sind übergeschnappt«, sagte der Junge gelassen. »Sie

haben uns nach unseren Großeltern genannt. Ich weiß nicht, warum sie das gut fanden. Aber alle nennen uns nur Perry und Ant. Ich bin Perry, und sie ist Ant.«

»Genauso schlimm!«

»Stimmt«, sagte Ant. »Aber wir haben uns daran gewöhnt.«

»Perry ist so ähnlich wie Danny«, sagte Perry.

»Von wegen!« protestierte Dan wütend. »Und niemand nennt mich Danny. Und ich finde, ihr seid zwei kichernde trübe Tassen, genau wie alle anderen in der 4 a!«

»Na und?« sagte Perry. »Du kennst uns noch nicht einmal, was soll das dann?«

Dan starrte sie wütend an. Selbst in der 4 a war ihm noch niemand begegnet, der so schwer zu provozieren war.

»Ihr habt noch einen Bruder in dieser Schule, nicht wahr?«

»Was ist mit ihm?« fragte Perry plötzlich vorsichtig.

»Er ist bekloppt«, sagte Dan. »Man hat uns gesagt, wir sollen nett zu ihm sein.«

Diesmal landete er einen Treffer.

»Zwei gegen einen ist nie fair«, sagte der Direktor einige Zeit später, »und wenn ihr euer Verhalten nicht erklären wollt, muß ich annehmen, daß ihr euch der Gründe schämt.«

Perry und Ant starrten finster auf den Teppich im Büro des Direktors und sagten nichts.

»Entschuldigt euch bei Dan, und geht zurück in eure Klasse.«

»Entschuldigung«, sagten Perry und Ant, ohne den Blick vom Teppich zu heben.
»Daniel?«
»Was?«
»Ich nehme an, du akzeptierst ihre Entschuldigung und bedauerst die Rolle, die du in dem Zwischenfall gespielt hast?«
»Wer? Ich?« fragte Dan empört.
»Gut.« Der Direktor öffnete den Zwillingen die Tür und sah ihnen nach, als sie den Gang entlanggingen. »Jetzt werden wir beide uns mal unterhalten, Daniel. Sitzt du bequem? Dann fange ich an!«

Perry und Ant sorgten auch weiterhin für Aufregung. Als Zwillinge schienen sie doppelt soviel Selbstvertrauen zu haben wie andere neue Schüler. Falls ihnen flau im Magen war beim Gedanken, mitten im Sommerquartal in einer neuen Schule anzufangen, zeigten sie es nicht. Am ersten Morgen hatte ihre Mutter sie zum Schultor gebracht, doch am zweiten Tag kamen sie tapfer allein auf den Hof. Allerdings nicht ganz ohne Begleitung, denn hinter ihnen lief ihr Hund.
Die 4 a floh schreiend ins Klassenzimmer, doch die Zwillinge kamen erst viel später.
»Wo ist euer Hund?« fragte jemand in der Pause.
»Wir mußten ihn nach Hause bringen. Deshalb sind wir so spät gekommen.«
»Beißt er?«
»Natürlich nicht!«

»Hier sind alle Hunde bissig! Ihr solltet nur mal Robin Brogans Arm sehen!«

»Was ist damit?« wollte Perry wissen, und: »Wonach soll ich suchen?« fragte Ant, als die anderen Robin dazu gebracht hatten, seinen Ärmel hochzurollen.

»Guckt euch diese Narben an!«

Doch unglücklicherweise waren die Narben schon verblaßt. Sie mußten Robins Arm drehen und wenden, bis das Licht darauf fiel, damit sich Narbenspuren zeigten.

»Da hat der Hund ihn vergangene Ostern gebissen!«

»Tut es noch weh?« fragte Ant.

»Nein«, sagte Robin.

»Er mußte ins Krankenhaus! Sein Kopf war richtig gespalten. Schaut nur, wie sein Haar hier wächst! Sein Arm war fast abgerissen! Sie haben ihn mit blauem Faden wieder angenäht!«

»Komisch«, sagte Perry, »daß sie immer mit blauem Faden nähen! Genau wie an meinem Bein, als ich durchs Abflußrohr gefallen bin!«

»Durchs Abflußrohr?«

»Ja«, bestätigte Ant, »und sie haben meine Hand mit blauem Faden genäht, als ich sie durchs Küchenfenster gesteckt habe. Aber als unser Bruder von meinem Fahrrad gefallen ist, haben sie schwarzen genommen.«

»Womit haben sie Böhnchens Auge genäht?«

»Mit Blau«, sagte Perry. »Es sah schrecklich aus.«

Die 4 a hörte sich verblüfft diese lässige Aufzählung familiären Flickwerks an.

»Seid ihr alle schon genäht worden?«

»Du nicht?« fragte Perry überrascht. »Es ist nicht so schlimm. Man gewöhnt sich daran. Selbst Alter Mop ist genäht worden. Er ist im Stacheldraht steckengeblieben.«
»Wer ist Alter Mop?«
»Unser Hund. Heute morgen haben wir ihn mitgebracht, und ihr seid alle davongelaufen.«
»Warum nennt ihr ihn Alter Mop?« fragte Robin.
»Das ist die Abkürzung für alter Wischmop. So hat ihn Böhnchen genannt, als sie klein war.«
»Ist Böhnchen eure Schwester? Warum nennt ihr sie Böhnchen?«
»Sie wollte immer eine Bohne sein.«
»Eine Chilibohne?«
»Eine Saubohne«, erklärte Ant geduldig.

Das war der Anfang vom Ende. Am nächsten Morgen kam Alter Mop wieder mit in die Schule, er zog eine zerkaute Leine hinter sich her. Mrs. Robinson wurde angerufen und gebeten, ihn abzuholen, aber bevor sie eintraf, hatte Alter Mop um Chips gebettelt, sich auf den Rücken gerollt und totgestellt, einen Fußball um den Hof gedribbelt und geduldig ausgeharrt, als Perry und Ant ihm die nackten Hände ins Maul steckten, um zu beweisen, daß er nicht biß. Er hatte auch der ganzen Klasse bis auf Robin und Dan Pfötchen gegeben, und die 4 a bestand jetzt aus überzeugten Hundefreunden. Bemerkenswert war, daß die lautesten Schreier von einst jetzt die eifrigsten Verehrer waren. Robin zog sich auf die Schulveranda zurück, wo er auf Dan traf, der beleidigende Bilder seiner Mitschüler an die Wand malte.

»Wau-wau«, machte Dan.

»Hör schon auf damit«, sagte Robin.

Am Ende des Quartals waren die Zwillinge ungeheuer beliebt. Ihre Klassenkameraden wetteiferten um ihre Bewunderung, wurden immer tollkühner und verlangten blaue Fadenstiche für jeden Schnitt und Riß. Die öffentliche Meinung wandte sich gegen Robin. Niemand konnte verstehen, warum er Hunde nicht mochte. Je näher die Ferien kamen, um so geringer wurde die Zahl seiner Stiche, und es stellte sich heraus, daß seine Haare auch nicht anders wuchsen als die anderer Leute.

»Das habe ich auch nie behauptet«, sagte Robin, aber niemand achtete darauf. Er war nicht mehr die Nummer eins. Das machte ihm nichts aus; im Gegensatz zu Dan hatte er nie Spaß daran gehabt, doch er wünschte sich, die Zwillinge würden die Tatsachen kennen. Obwohl sie nie etwas sagten, war es offensichtlich, daß sie ihn für eine Null hielten.

Trotz der Kühle zwischen den Zwillingen und Robin freundeten sich die Familien in Porridge Hall an, zumindest die Eltern. Mrs. Brogan und Mrs. Robinson besuchten einander und sorgten sich gemeinsam um die Kinder, und das sechsjährige Böhnchen gewöhnte sich an, bei Mrs. Brogan auf einen Schwatz hereinzuschauen. Sie war vom Pensionsgewerbe fasziniert und bat ihre Mutter, in Mrs. Brogans Geschäft einzusteigen.

»Sei nicht albern!« Mrs. Robinson lachte. »Überhaupt haben wir keinen Platz dafür.«

»Ich könnte im Schuppen schlafen«, erbot sich Böhnchen, »oder in einem Zelt im Garten.« Doch Mrs. Robinson war nicht zu überreden, und Mrs. Brogan sagte, sie hätte ganz recht.

»Magst du die Übernachtungsgäste nicht?« fragte Böhnchen.

»Manche sind sehr nett«, antwortete Mrs. Brogan vorsichtig, »aber im allgemeinen haben sie dauernd was zu jammern und zu meckern! Ständig wollen sie Kleiderbügel und heißes Wasser und Fernsehgeräte! Natürlich gebe ich ihnen die Kleiderbügel gern, solange sie sie nicht mitnehmen. Und ich wollte, sie würden länger bleiben als ein oder zwei Tage. Ich habe es satt, jeden Tag die Betten für neue Gäste frisch zu beziehen.«

»Jeden Tag frisch bezogene Betten!« rief Böhnchen. »Warum streichst du nicht einfach die alten Laken glatt?«

»Wenn meine Gäste dich so reden hören, geht das Geschäft noch schlechter«, sagte Mrs. Brogan.

»Geht das Geschäft denn schlecht?«

»Ziemlich schlecht.«

»Ist euer Haus deshalb so baufällig?« fragte Böhnchen. Sie war von einer fürchterlichen Aufrichtigkeit, für die sich ihre Mutter entschuldigte.

»Oh, keine Ursache«, sagte Mrs. Brogan. »Sie hat ganz recht, das Haus *ist* baufällig! Überhaupt mag ich Böhnchen gern. Gestern abend ist sie herübergekommen und hat uns eine Bohne gezeigt!«

»Schaut!« hatte Böhnchen gesagt und eine Saubohnenschote aufgebrochen, um ihnen die kühlen, dicken Bohnen darin zu zeigen; jede lag in ihrem eigenen weißen, bohnenförmigen Nest. »Wärt ihr nicht auch gern eine Bohne?«

»Mir wäre es zu eng«, sagte Robin, obwohl er insgeheim fand, daß Böhnchen nicht ganz unrecht hatte. Als Bohne hatte man offenbar ein angenehmes Leben. Robins eigenes Leben schien täglich unangenehmer zu werden.

Dan hatte angefangen, ihm auf dem Heimweg aufzulauern und ihn herumzustoßen und zu verspotten und zu bellen wie ein Hund. Die Zwillinge wußten nichts davon, bis sie am letzten Schultag dazukamen, als Dan Robin gegen eine Stechpalme drängte; er hatte ihm sein Zeugnis weggenommen. Dan war doppelt so breit wie Robin oder die Zwillinge, und sie zögerten einen Moment, bevor sie Robin zu Hilfe kamen. In diesem Augenblick verlor Robin endlich die Geduld. Sein dünner, brauner Arm schoß vor und traf Dan mit voller Wucht auf die Nase.

»Ich hole die Polizei«, schrie Dan, krümmte sich, und leuchtendrotes Blut schoß aus seiner Nase. »Ich hole die Polizei, und ich sage es meiner Mam!!«

Die Zwillinge betrachteten ihn interessiert.

»Es läuft noch schneller heraus, wenn du schreist«, sagte Ant.

»Du rufst doch nicht wirklich die Polizei, oder?« fragte Perry. »Sie lachen dich womöglich aus.«

»Ich sollte sie holen«, sagte Dan und wischte sich mit Robins Zeugnis die Nase.

»Steck den Kopf zwischen die Beine«, riet Robin. »Das macht man gegen Nasenbluten.«

»Halt die Klappe!« sagte Dan.

»Du siehst komisch aus«, sagte Perry, »wenn du die Nase so hältst, als würde sie abfallen.«

»Das ist überhaupt nicht komisch«, sagte Dan, »und wenn mir jemand was zum Abwischen geben würde, könnte ich sie loslassen.«

Ant kramte in ihrer Tasche und zog ein schmutziges Papiertaschentuch heraus, das sie Dan gab.

»Da ist schon Blut dran«, sagte er undankbar.
»Kein menschliches«, versicherte Ant.
»Dann ist es bestimmt von eurem kleinen Bruder«, sagte Dan. »Kinder wie er kommen in Sonderschulen«, und er grinste den wütenden Zwillingen blutverschmiert ins Gesicht, zerknüllte Robins Zeugnis, schleuderte es in die Stechpalme und lief weg, bevor noch einer von ihnen etwas dagegen tun konnte.

2

»Worum ging es denn?« fragte Perry, als Dan verschwunden war.
»Um nichts Besonderes.« Robin ließ sich von der Stechpalme fallen, er war zerkratzt und rot im Gesicht, doch er hielt sein Zeugnis in der Hand. »Er hat mich nur wie gewöhnlich damit genervt, daß ich Angst vor Hunden hätte.«
»Macht er das öfter?« fragte Ant. »Wir hätten dich gerettet, wenn wir es gewußt hätten.«
»Mich muß man nicht retten«, sagte Robin. »Und ich habe keine Angst vor Hunden; jedenfalls habe ich bald keine mehr. Ich trainiere das. Und vor Dan hatte ich noch nie Angst.«
»Genau!« sagte Perry, als hätte es daran nie einen Zweifel gegeben. Robins einziger, verheerender Schlag war für die Zwillinge wie eine Offenbarung gewesen. Robin war in ihrer Achtung enorm gestiegen. Perry, der optimistischere der beiden, war sehr zufrieden mit sich. Er hatte die ganze Zeit behauptet, daß Robin nicht ohne sei, doch Ant hatte immer widersprochen.
»Ich dachte, du wärst ein eingebildeter Schlaffi und hättest Angst vor Hunden«, sagte sie zu Robin und meinte es überhaupt nicht böse.
»Ant!« stöhnte Perry.

»Aber Perry fand das nicht. Wir haben uns schon eine Ewigkeit Gedanken über dich gemacht!«

Robin grinste plötzlich. Ihm war klargeworden, daß Ant zu den seltenen Menschen gehörte, die gar nicht anders können, als immer die Wahrheit zu sagen.

»Zu Hause hört man nie was von dir. Dort, wo wir früher wohnten, haben sich unsere Nachbarn die ganze Zeit beschwert«, sagte Ant. »Sie behaupteten, sie könnten uns durch die Wände streiten hören.«

»Vor ein paar Nächten habe ich jemand schreien hören«, sagte Robin. »Das höre ich ziemlich oft. Aber streiten nicht.«

»Das ist unser Bruder«, sagte Ant bedrückt, »er hat Alpträume.«

»Oh.« Dann sagte Robin: »Dan hat es auf euren Bruder abgesehen. An eurer Stelle würde ich ihm sagen, er soll ihm aus dem Weg gehen. Dan ist manchmal ein bißchen merkwürdig.«

»Unser Bruder auch«, sagte Ant. »Es bringt gar nichts, wenn man ihm etwas sagt.«

»Er ist schon mal in eine Sonderschule gegangen«, sagte Perry. »Es war eine für besonders kluge Kinder, aber jetzt geht es ihm besser.«

»Das stimmt nicht«, sagte Ant.

»Ich meine, es hat sich herausgestellt, daß er nicht besonders klug ist«, erklärte Perry. »Er ist immer noch genauso verrückt.«

»Guckt mal!« rief Ant plötzlich. »Unsere Mütter suchen uns, weil wir so spät kommen.«

Weiter unten in der Straße beugten sich Mrs. Brogan und Mrs. Robinson über ihre Gartentore und winkten ihnen zu.
»Wir haben uns schon gedacht, daß ihr zusammen seid«, sagte Mrs. Robinson, als die Zwillinge auf sie zustürmten. »Habt ihr Krach gehabt?«
»Sieht ganz danach aus.« Angeekelt wich Mrs. Brogan vor Robins Zeugnis zurück. »Von wem ist das Blut?«
»Nur von Dan«, antwortete Robin.
»Robin hat ihn gehauen«, erklärte ihr Perry.
»Ich mag keine Boxkämpfe«, sagte Mrs. Brogan. »Was ist mit Dan? Ist er okay?«
»Er ist davongelaufen«, sagte Robin. »Es war nur ein einziger Schlag; man kann es eigentlich keinen Kampf nennen.«
»Das höre ich gern«, sagte seine Mutter. »Besonders, weil ich Dan mag! Er ist nicht halb so schlimm, wie die meisten Leute behaupten.«
»Da habe ich was anderes gehört«, sagte Mrs. Robinson.
»Nun ja, er ist ziemlich unleidlich«, stimmte Mrs. Brogan zu, »und er kommandiert die anderen gern herum, und er ist schrecklich nachtragend, aber davon abgesehen … und er kann, glaube ich, sehr rücksichtslos sein … warum lacht ihr denn alle?«
»Oh, nur so«, sagte Mrs. Robinson. »Also dann, ihr beiden Streuner! Geht rein und wascht euch, und macht euch ein bißchen vorzeigbarer! Mrs. Brogan hat euch zum Abendessen eingeladen.«
»Uns alle oder nur mich und Ant?« fragte Perry.

»Euch alle«, sagte Mrs. Brogan. »Wir dachten, es sei an der Zeit, daß ihr euch anfreundet, aber gebt euch keine zu große Mühe mit dem Waschen. Kommt, wie ihr seid! Wir machen keine Umstände!«

»Ich schon«, sagte Mrs. Robinson und steuerte die Zwillinge ins Haus. Als sie einige Zeit später wieder auftauchten, sahen sie viel sauberer aus und brachten Böhnchen und ihren achtjährigen Bruder mit.

»Sun Dance!« stellte ihn Perry vor. »Früher haben wir nämlich Butch Cassidy und Sun Dance Kid gespielt. Die Räuber, die von den Reichen stehlen und es den Armen geben. Ich war Butch, und Ant war Cassidy. Es ist schon eine Ewigkeit her, aber alle nennen ihn immer noch Sun Dance.«

Sun Dance war klein und dunkelhaarig und trug eine Brille mit runden, spiegelnden Gläsern. Mit rauher Stimme teilte er Robin und Mrs. Brogan schnell mit, daß er allergisch gegen Brot und Butter sei und seine Hände nur einmal am Tag waschen dürfe, weil er gerade aus dem Krankenhaus gekommen sei.

»Ich bin unter einen Zug gefallen«, sagte er und schüttelte Mrs. Brogan höflich die Hand. »Ich mußte die Räder packen, um ihn anzuhalten! Ich dachte, ich hätte heute morgen jemand gesehen, der in euer Haus einbrechen wollte. Unser Hund ist ein Killer, aber ich habe keine Angst vor ihm!«

Es war unmöglich, Sun Dance nicht zu mögen; er gab sich so große Mühe zu gefallen. Er hatte seinen Namen vergessen, wurde ständig von der Welt um sich herum verwirrt und fand sich nie zurecht. Die Zwillinge fühlten sich dauernd verpflichtet, ihn zu erklären.

»Er liest Sachen«, sagte Ant, als würde das alles erklären, »und sie gehen in seinen Kopf und bleiben dort, stimmt's, Sun Dance?«

»Mein Kopf ist zu voll«, bestätigte Sun Dance. »Ich glaube, die Köpfe von Perry und Ant sind beinah leer.«

Die Zwillinge widersprachen ihm nicht. Ihnen war klar, daß im Vergleich zu Sun Dance ihre Köpfe leer waren. Es stimmte, daß nichts von dem, was sie lasen, in ihren Köpfen hängenblieb. Böhnchen hatte eine eigene Theorie. Sie fand, Sun Dance brauche einen Zwilling als Gesprächspartner.

»Perry hat Ant, und Ant hat Perry, und ich habe Colin, meinen Zwillingskater, er ist am selben Tag wie ich geboren, aber Sun Dance hat niemand.«

»Ich habe Sun Dance«, sagte Sun Dance. »Er ist jetzt hier. Er sitzt auf der Treppe und ißt seine Fußballstiefel. Überall sind Einbrecher. Das habe ich in der Zeitung gelesen.«

»Oh, Sun Dance!« sagte Ant verlegen, aber Mrs. Brogan stellte keine Fragen. Sie hatte von Mrs. Robinson schon viel über Sun Dance gehört; jetzt lachte sie nur und sagte, niemand brauche seine Fußballstiefel zu essen, und bat zu Tisch. Hinterher machten sie und Sun Dance die Buchhaltung für die Pension, und sie stellte fest, daß Sun Dance im Kopf genauso schnell addieren und subtrahieren und multiplizieren konnte wie ihr Taschenrechner.

»Sun Dance hat eine besondere Gabe«, sagte Mrs.

Brogan ein paar Tage später zu seinem Vater.
»Es ist eher ein Fluch«, sagte Mr. Robinson, der wußte, daß seinem Sohn die Gedanken durchs Hirn flimmerten wie immer neue Szenen über einen Bildschirm. »Eher ein Fluch! Er hat mit manchen Leuten viele Schwierigkeiten. Ihr Robin ist sehr nett zu ihm gewesen.«
Auf Mrs. Brogans Vorschlag hatten die Jungen am nächsten Tag Strandgut gesucht.
»Strandgut?« Perry hatte das Wort noch nie gehört.
»Schätze, die von der Flut angeschwemmt worden sind«, erklärte Mrs. Brogan. »Ihr werdet staunen, was man da alles finden kann.«
»Darf man es behalten?« fragte Ant.
»Soviel ich weiß, ja«, antwortete Mrs. Brogan. »Es gibt uralte Gesetze über das Recht an Strandgut.«
»Uralte Gesetze«, wiederholte Sun Dance verträumt. Er und Böhnchen gingen mit den Zwillingen, zogen aber bald gelangweilt allein weiter, bis sie Dan trafen, der wie gewöhnlich Händel suchte. Sun Dance machte den Fehler, Dan seine Gedanken anzuvertrauen.
»Lügner, Lügner, Lügner!« höhnte Dan, und Sun Dance bekam einen schrecklichen Zorn und biß ihn. Bis Böhnchens Geschrei Robin und die Zwillinge herbeigelockt hatte, wurde Sun Dance in einem grausamen Polizeigriff festgehalten.
»Laß ihn los!« riefen sie, doch Dan dachte nicht daran, und Robin mußte ihm höchst widerstrebend erneut die Nase blutig schlagen.
»Warum machst du das dauernd?« heulte Dan.

»Es gibt uralte Gesetze!« brüllte Sun Dance. »Uralte Gesetze! Uralte Gesetze! Laßt mich los, dann beiße ich ihn noch mal.«
»Sei nicht blöd!« Ant klammerte sich an Sun Dance, als er lossprang.
»Er gehört eingesperrt«, sagte Dan.
»Lauf und sag's deiner Mom«, sagte Robin.

»Robin ist tapfer«, sagte Sun Dance an diesem Abend, und die Zwillinge nickten zustimmend. Dan war größer und stärker als alle anderen in der 4 a, und selbst der hitzköpfige, optimistische Perry griff ihn nur zögernd an. Er und Ant waren erleichtert gewesen, daß ihre Rolle bei der morgendlichen Auseinandersetzung sich darauf beschränkte, Sun Dance nach Hause zu schleppen. Sie waren Robin so dankbar, daß sie ihm anboten, ihn von seiner Angst vor Hunden zu heilen.
»Ich heile mich selbst«, sagte Robin.
»Wie?« fragte Perry.
»Ich hole mir Hundebücher aus der Bibliothek«, erklärte Robin (ziemlich unwillig, weil seine Heilmethode nicht sehr gut funktionierte), »und lese nach, wie klug sie sind und Menschen das Leben retten und so.«
»Das hilft nichts«, sagte Ant. »Du brauchst richtige Hunde!«
»Nach deiner Methode dauert das ewig«, sagte Perry. »Nach unserer nur einen Vormittag!«
»Das glaubst du!« sagte Robin skeptisch, doch er ging mit.

Die Zwillinge hatten den Spaziergang sorgfältig geplant. Er begann bei einem Pudel, der sehnsüchtig durch ein Fenster mit Spitzengardinen schaute, und führte weiter zu einem schlafenden Labrador in einem Auto, einem Collie im etwas entfernt liegenden Garten, einem Boxer an einer Kette und dem Blindenhund des Vikars, der mit in die Kirche durfte und nach Ansicht unfreundlicher Leute viel würdiger aussah als der Vikar. Der Höhepunkt des Spaziergangs war bei einem Corgi am Gartentor, und obwohl die Zwillinge es mit reiner Willenskraft schafften, Robin vorbeizuzerren, brachten sie ihn nicht dazu, auf dem Rückweg noch mal dort vorbeizugehen. Sie mußten einen meilenweiten Umweg machen, um nach Hause zu kommen.

»Ich dachte, wir hätten es geschafft, bis wir zu diesem verflixten Corgi kamen!« sagte Ant.

»Tut mir leid.« Robin war ebenfalls deprimiert.

»Du solltest mit Alter Mop trainieren«, sagte Perry. »Er ist so zahm wie eine Maus. Oder hast du Angst vor Mäusen?«

»Natürlich nicht«, sagte Robin.

»Vor Kühen, Katzen, Pferden, Elefanten, Löwen?« fragte Ant.

»Ich glaube nicht«, sagte Robin. »Beim Klassenausflug zum Zoo hatte ich keine. Sie taten mir nur leid.«

»Hattest du Angst«, fragte Perry listig, »vor den Wölfen im Zoo?«

»Ja«, sagte Robin.

»Oh!« Enttäuscht gaben die Zwillinge auf. Robin

glaubte schon, sie hätten ihn als hoffnungslosen Fall abgeschrieben, doch am Nachmittag kam Perry herüber.

»Wenn du keine Angst vor Tigern hast, dann komm raus und schau über die Mauer in unseren Garten. Ich komme mit. Es ist nicht gefährlich.«

Gespannt folgte Robin Perry in den Garten, kletterte auf die Gartenmauer und schaute hinüber zum Rasen der Robinsons. Alter Mop lag mitten darauf und sah mehr denn je wie ein alter Wischmop aus. Die schwarz-gelb gestreiften Fußballsocken von Perry und Ant waren an jedem Bein so hoch wie möglich gezogen. Er hielt ganz still, um nicht das Malwasser zu verschütten, das Böhnchen neben sein Ohr gestellt hatte. Böhnchen hatte ihren Malkasten neben sich und war gerade damit fertig geworden, schwarze Streifen auf seinen schmutzigbraunen Rücken zu malen.

»Gleich hab ich's geschafft«, sagte Böhnchen, während sie schwarze Ringe um den Schwanz von Alter Mop malte und zum Abschluß die Spitze in den Farbtopf tauchte. »Sieht er nicht toll aus?«

»Aber nicht gerade wie ein Tiger«, sagte Perry. »Er sieht eigentlich nach gar nichts aus. Armer Alter Mop. Komm her!«

Alter Mop hievte sich auf die Beine, trottete herüber und wedelte entschuldigend mit dem Schwanz.

»Wie soll sich denn jemand davor fürchten!« wollte Perry wissen. »Schau nur, er schämt sich so, daß er noch nicht mal den Kopf hebt!«

Alter Mop seufzte und schaute unglücklich auf seine rutschenden Socken hinunter. Robin merkte plötzlich, daß er keine Angst hatte. Sehr vorsichtig streckte er die Hand aus und berührte Alter Mop.
»Na also!« sagte Perry triumphierend, als Robins Hand eine Sekunde lang auf dem Kopf von Alter Mop lag. »Hör nicht auf damit!« Er rutschte die Mauer hinunter und lief ins Haus, um Mrs. Brogan zu holen. »Kommen Sie schnell! Robin streichelt unseren Hund! Er hat keine Angst mehr, stimmt's, Robin?«

»Verrückt, sich überhaupt vor Alter Mop zu fürchten«, sagte Mrs. Brogan. »Genausogut könnte man vor einer Türmatte Angst haben!« Aber sie lächelte Robin ermunternd zu, als er hinunterlangte, um Alter Mop erneut zu berühren.
»Alter Mop kann sehr böse sein«, sagte Perry empört. »Ich meine, er könnte es, wenn er müßte, nur war es noch nie nötig.«

»Jetzt, wo er ein Tiger ist, aber schon«, sagte Böhnchen.
Alter Mop sah sie nachdenklich an und begann, eine Socke mit den Zähnen auszuziehen. Als Robin sich bückte, um ihm zu helfen, hob er dankbar eine Pfote nach der anderen, bis seine Füße frei waren.
»He! Hör auf damit!« rief Böhnchen. »Gerade habe ich ihn hingekriegt!«
»Hoffentlich ist die Farbe nicht giftig«, sagte Mrs. Brogan, als Alter Mop anfing, sich die Brust abzulecken.
»Nein«, sagte Perry, »unmöglich, denn gestern war er ein Leopard, aber er hat alle seine Flecken in der Nacht abgeleckt. Böhnchen spielt Dschungel. Sie will mich und Ant als Affen anmalen, aber wir haben keine Lust dazu und Sun Dance auch nicht.«
»Warum denn nicht?« fragte Mrs. Brogan. »Mehr Spaß kann man an einem Nachmittag doch kaum haben.«
»Wir würden sie ja lassen, aber wir graben gerade eine Leiche aus, die wir hinter dem Komposthaufen gefunden haben«, erklärte Perry. »Wir haben viele Knochen dort unten gefunden. Wir ziehen sie alle auf Draht, wenn wir sie ausgegraben haben. Dad sagt, Skelette sind viel Geld wert. Aber wir wissen nicht, was wir mit Sun Dance machen sollen.«
»Warum nicht?«
»Er will kein angemalter Affe sein, und Mom will ihn nicht nach Knochen graben lassen, weil ihn das vielleicht zu sehr aufregt. Er hat wieder mit Schlafwandeln angefangen.«

»Armer alter Sun Dance!«
»Er dreht durch, seit Dan ihn angegriffen hat. Dad hat ihn dabei ertappt, wie er heute nacht um zwei versuchte, die Haustür zu öffnen. Er sagte, er wollte zum Strand, um die Buchhaltung zu machen. Er will immer noch zum Strand, aber allein darf er nicht hin.«
Robin verstand den Wink und schlug vor, mit Sun Dance zu gehen. Er freute sich, daß Mrs. Robinson einverstanden war.
»Gib nur acht, daß ihr am Strand bleibt und euch von diesem gefährlichen Klippenpfad fernhaltet«, sagte sie zu Robin. »Am besten vergißt er, daß es diesen Pfad gibt.«
Robin war der gleichen Meinung, aber Sun Dance interessierte sich gar nicht für den Klippenpfad. Er wollte unbedingt zum Strand und schimpfte schrecklich, weil das Ufer menschenleer war.
»Mir gefällt es leer besser«, sagte Robin, doch Sun Dance war anderer Meinung.
»Es gibt uralte Gesetze, daß man niemand zusammenschlagen darf«, sagte er. »Das wollte ich Dan sagen!«
»Laß Dan in Ruhe«, riet Robin. »Dem kann man solche Dinge nicht erklären.«
»Ich wette, Perry und Ant haben keinen Menschen gefunden«, sagte Sun Dance noch düsterer. »Wie sollte er mit all seinen Knochen dort hinkommen?«
»Keine Ahnung«, sagte Robin.
»Er hätte sich hinlegen und die Erde um sich scharren müssen«, sagte Sun Dance und wickelte dabei die Luft um sich. »Oder jemand hat ihn dort hingebracht!«

»Aber warum?« fragte Robin überrascht.

»Wahrscheinlich, um ihn vor den Hunden zu retten«, sagte Sun Dance.

»Sun Dance!« Robin war entsetzt. Zum Glück hatte er daran gedacht, einen Fußball mitzunehmen. Der Ball war alt und etwas schlapp, Robin hatte ihn vor einiger Zeit gefunden, aber er lenkte Sun Dance vorübergehend ab. Sie kickten ihn hin und her und liefen dabei am Rand der Wellen entlang, wo der Sand hart war.

»Wann ist es ein Tor?« fragte Sun Dance.

»Wenn er ins Meer fällt«, sagte Robin, und sie wurden immer nasser, während sie die Treffer aus dem Wasser holten, bis der Ball so weit hinaustrieb, daß sie ihn nicht mehr retten konnten.

»Schwemmen die Wellen ihn wieder an?« fragte Sun Dance.

»Heute nicht mehr«, sagte Robin. »Die Ebbe hat gerade eingesetzt. Aber morgen kann er mit der Flut zurückkommen. Ich gehe am Vormittag herunter und schaue nach.«

Solange sie Fußball gespielt hatten, war Sun Dance ganz vergnügt gewesen. Jetzt fielen ihm die Zwillinge wieder ein.

»Und wenn sie den Kopf gefunden haben?«

»Wer?«

»Perry und Ant.«

»Es ist nicht das Skelett eines Menschen, Sun Dance«, sagte Robin. »Du hast selbst gesagt, daß es unmöglich ist. Perry und Ant tun nur so. Ich wette, es ist nur ein Haufen

alter Knochen, die ein Hund vor langer Zeit vergraben hat.«
»Köpfe sind voller Hirn.« Sun Dance ließ sich nicht so leicht trösten. »Rohem Hirn! Warmem, rohem Hirn! Was ist aus Dans Nase gekommen, als du ihn geschlagen hast?«
»Ein bißchen Blut«, sagte Robin. »Vergiß das Hirn! Komm, wir gehen die Flutgrenze entlang und gucken, was wir finden können.«
»Da ist bestimmt nichts.« Sun Dance war immer noch unglücklich.
»Vielleicht doch! Es ist fast immer was da. Deshalb haben sie die uralten Gesetze gemacht, von denen dir meine Mom erzählt hat. Ich sehe schon was!«
»Wo?« fragte Sun Dance.
»Dort! Der schwarze Haufen am Wasserrand. Wer zuerst dort ist!«
Sun Dance hatte gelächelt, als Robin seine geliebten uralten Gesetze erwähnte. Jetzt lief er los, und Robin folgte ihm, froh, daß das Thema rohes warmes Gehirn abgeschlossen war. Als sie sich dem Fleck näherten, blieb er plötzlich stehen. Der schwarze Haufen hatte sich bewegt. Sun Dance, der den ganzen Nachmittag übernervös gewesen war, sah es zur gleichen Zeit, stoppte und griff nach Robins Arm. Einen Augenblick später bewegte sich der schwarze Haufen wieder, schüttelte den Kopf und kam schwerfällig auf die Füße. So schnell er konnte, lief er davon.
»Ein Hund!« rief Sun Dance erleichtert, weil er befürch-

tet hatte, es sei vielleicht Ants und Perrys Knochenmann.
»Es ist ein armer kleiner Hund! Du hast doch keine Angst, oder?«
»Nein.« Triumphierend dachte Robin, daß es jetzt schon zwei Hunde an einem Tag waren, vor denen er keine Angst gehabt hatte. »Nein, aber ich glaube, er hat Angst vor uns«, und er schaute bedauernd dem kleinen Hund nach. Er war jetzt weit weg und rannte nicht mehr, sondern suchte in dem angeschwemmten Seetang und Abfall herum.
»Ich glaube, er sucht was zu fressen«, sagte Sun Dance. »Vielleicht mag er auch nur den Geruch.«
»Er ist am Bein verletzt. Er humpelt.«
»Ich glaube nicht, daß ihm was fehlt«, sagte Robin beruhigend. »Er macht einen Nachmittagsausflug. Zeit, daß wir nach Hause gehen, Sun Dance.«
»Wohin geht er?« Sun Dance folgte zögernd.
»Nach Hause wahrscheinlich.«
»Er legt sich wieder hin.« Sun Dance hatte sich nach einer Weile umgedreht und blinzelte gegen die Sonne. »Er hat sich verlaufen!«
»Es wird schon jemand kommen und ihn holen.«
»Und weißt du was, wenn nicht?« fragte Sun Dance. »Dann gehört er uns! Du hast ihn gefunden! Uralte Gesetze! Wie deine Mom gesagt hat!«
»Du mit deinen uralten Gesetzen!« sagte Robin, doch Sun Dance raste los und wiederholte die Worte unentwegt, während die Sonnenstrahlen auf seiner Brille tanzten und Robin außer Atem hinter ihm herlief.

Perry und Ant kamen ihnen am Gartentor entgegen. Sie waren völlig verdreckt und hatten als Willkommensgruß für Besucher einen Knochenmann auf dem Rasen ausgelegt.
»Was haltet ihr davon?« fragte Ant stolz.
Sie hatten soviel Abstand wie nur möglich zwischen den Knochen gelassen, aber auch so sah der Mann verdächtig kleinwüchsig aus. Und Mrs. Brogan und Mrs. Robinson standen zusammen auf der Veranda und krümmten sich vor Lachen. Offenbar fürchteten sie nicht, daß Sun Dance erschrecken würde, und damit hatten sie recht.
»Er besteht aus lauter gleichen Knochen!« sagte Sun Dance nach einem Blick. »Kotelettknochen!«
Perry und Ant sahen ihn verblüfft an. Obwohl sie diese traurige Tatsache bereits von ihrer Mutter gehört hatten, war es sehr beunruhigend, daß Sun Dance sie wiederholte.
»Ein Kotelettknochenmann!« rief Sun Dance vergnügt. »Den habt ihr gefunden! Er braucht noch einen richtigen Kopf. Ratet, wer die meisten Tore geschossen hat!«
»Du!« sagte Mrs. Brogan.
»Falsch«, sagte Sun Dance fröhlich. »Robin! Es stand elf zu sechs, und dann ist der Ball davongeschwommen, aber morgen kommt er zurück, und Robin hat einen Hund. Uralte Gesetze! Und aus Dans Nase ist nur Blut gekommen. Kein Hirn. Er war aber nicht da.«
»Also hattest du einen schönen Nachmittag?« fragte Mrs. Robinson.
»Und wie«, sagte Sun Dance.

3

In dieser Nacht träumte Robin von Hunden. Es war der gleiche alte Verfolgungstraum, den er seit Ostern immer wieder hatte, doch diesmal veränderte sich der Ablauf kurz vorm Aufwachen. Der Hund, der hinter Robin hergewesen war, lief plötzlich weit vor ihm; er bewegte sich immer langsamer über den Sand und verwandelte sich in den Hund, den Robin und Sun Dance entdeckt hatten. Beim Aufwachen erinnerte sich Robin daran und hoffte, daß der Hund gefunden worden war.

Er hatte lange geschlafen. Von nebenan kamen nicht die üblichen Morgengeräusche, und unten hörte er seine Mutter singen, während sie den Übernachtungsgästen das Frühstück machte.

Robin lief hinunter, um zu helfen, und stellte fest, daß er nicht gebraucht wurde.

»Vegetarier, die abnehmen wollen«, erklärte seine Mutter. »Und sehr nette Leute! ›Man ist, was man ißt‹, habe ich ihnen gesagt, und sie waren ganz meiner Meinung. Also bekommen sie Vollkorntoast und Orangensaft. Ich habe ihnen immerhin angeboten, Rührei und geräucherten Hering zu machen, also habe ich ein gutes Gewissen.«

»Du kamst mir gleich so vergnügt vor«, sagte Robin.

»Mich kann man leicht aufheitern«, bestätigte Mrs. Brogan. »Ein Tag ohne Schinken und Würste steigt mir zu Kopf wie Schnaps und Geld. Was hast du heute morgen vor?«

»Ich will meinen Fußball holen«, sagte Robin, »falls ihn die letzte Flut zurückgebracht hat. Vielleicht gehen die Zwillinge und Sun Dance mit.«

Doch das Nachbarhaus war leer bis auf den Kotelettknochenmann, der immer noch auf dem Rasen ausgebreitet lag. Robin fiel plötzlich ein, daß Mrs. Robinson gedroht hatte, mit der Familie einkaufen zu gehen, wenn die Kinder früh genug aus dem Bett zu kriegen wären.

»Großeinkauf?« hatte Böhnchen entsetzt gefragt, und Mrs. Robinson hatte ja gesagt. Der Großeinkauf wurde in der fünfzehn Meilen entfernten nächsten größeren Stadt erledigt, an die Mrs. Brogan und Mrs. Robinson hin und wieder voll Sehnsucht dachten. Etwa einmal im Monat erlagen sie den Reizen der Kaufhäuser, der umfangreichen Bibliothek und der Friseursalons. Ihre Kinder verabscheuten die Stadt, und als Robin jetzt über die Straße zum Strand ging, spürte er ein warmes Glücksgefühl, weil er nicht dort war.

Er fand seinen Fußball fast sofort, doch Dan saß darauf. Das war ganz in Ordnung; Robin hatte den Ball vor einigen Wochen am Strand gefunden und ihn behalten, und jetzt machte Dan das gleiche. Robin hätte Dan gar nicht weiter beachtet, wenn dessen Gesichtsausdruck nicht gewesen wäre. Dan sah aus, als hätte er heftige Schmerzen.

»Fehlt dir was?« fragte Robin.
Statt zu antworten, hielt sich Dan die Ohren zu und verzog gequält das Gesicht.
»Du siehst furchtbar aus«, sagte Robin erschrocken. »Richtig krank! Ich hole meine Mutter.«
»Mach keinen Quatsch«, sagte Dan verärgert. »Ich habe versucht nachzudenken.«
Zum Beweis ließ er seine Ohren los und deklamierte:

»Robin Brogan und sein Freund
sind in Idiotie vereint!

Es sollte allerdings ›Freunde‹ heißen«, sagte er, »weil diese Zwillinge genauso übergeschnappt sind wie ihr kleiner Bruder ... Wo ist denn dein bescheuerter kleiner Freund?«
»Er sitzt auf einem Fußball«, sagte Robin.
»Sehr witzig.« Dan stand auf und balancierte den Fußball geschickt auf einem Finger. »Du weißt, wen ich meine! Ihr seid vom selben Schlag, du und er!«
»Gut«, sagte Robin.
»Wau-wau«, machte Dan streitsüchtig. »Ich würde nach Hause laufen, wenn ich du wäre! Dieser Strand ist gefährlich! Ein toter Hund liegt dort hinten und wartet darauf, dich zu beißen!«
»Tot!« rief Robin entsetzt. »Woher weißt du das?«
»Ich habe ihn gesehen, als ich den hier gefunden habe.« Dan kickte den Ball in die Luft und köpfte ihn hin und her.
»Woran ist er gestorben?«
»Woher soll ich das wissen? Er liegt meilenweit entfernt.

Vielleicht ertrunken. Ich bin nicht zu ihm hingegangen. Rate mal, wo ich gestern abend war?«

»Im Bett.« Robin schaute den Strand entlang.

»Beim Arzt. Meine Mom hat mich hingebracht, um ihm meine Nase zu zeigen. Er sagte, ich soll mir nicht mehr draufschlagen lassen.«

Robin schaute weiter gedankenverloren über den Sand, und Dan stapfte eingeschnappt davon, weil sein Hinweis auf den Arztbesuch nicht den erhofften Schreck ausgelöst hatte. Als er sich dann nach Robin umdrehte, war niemand mehr zu sehen.

Robin brauchte lange, um den Hund zu finden. Wie Dan gesagt hatte, lag er ein ganzes Stück entfernt, weit hinter der Stelle, wo die meisten Strandgutsucher aufgaben und umkehrten. Doch irgendwann sah Robin einen schwarzen Fellhaufen hoch oben an der Flutgrenze bei den Klippen. Nur am Schwanz konnte man überhaupt erkennen, daß es ein Hund war. Sehr vorsichtig ging Robin zu ihm und berührte ihn mit dem Zeh. Gleich darauf fuhr er zu Tode erschrocken zusammen, weil der Schwanz sich zu einem kurzen Wedeln hob.

Robin wich ein paar Schritte zurück und wartete ab, was als nächstes geschehen würde. Nichts. Er berührte den Hund wieder, doch diesmal regte er sich nicht, und mit hämmerndem Herzen beugte sich Robin über ihn und horchte. Er konnte keinen Atem feststellen. Vielleicht hatte er sich das Schwanzwedeln eingebildet. Sehr behutsam streichelte er den kleinen schwarzen Kopf und spürte zutiefst erleichtert, daß der Hund sich wieder bewegte.

Robins Streicheln schien ihn zu beleben. Er öffnete die Augen, der Schwanz zitterte, doch er machte keinen Versuch aufzustehen, und unter dem dichten schwarzen Fell konnte Robin jeden Knochen von Rippen und Wirbelsäule fühlen.
»Hier kannst du nicht bleiben«, sagte Robin besorgt.

Vorsichtig schob er dem Hund den Arm unter die Brust und hob ihn hoch. Trotz seiner Magerkeit war er sehr schwer, und sobald Robin den Arm zurückzog, brach er wieder zusammen. Robin kam zu dem Schluß, daß der Hund vor allem Nahrung brauchte, und weil er ihn nicht zu ihr tragen konnte, mußte er die Nahrung zum Hund bringen, je schneller, um so besser, denn es sah aus, als könnte das Tier jeden Augenblick sterben.
»Warte hier.« Robin zog seine Jacke aus und legte sie sorgsam um den dünnen schwarzen Rücken. »Zum Beweis, daß du mir gehörst, falls jemand kommt.«
Wieder bewegte sich der Schwanz und wedelte zustimmend.
»Stirb nicht«, sagte Robin verzweifelt, drehte sich um und rannte nach Hause.

Zu Robins Enttäuschung waren die Robinsons noch unterwegs. Er ging ins Haus und fand seine Mutter am Telefon. Sie redete mit ihrer Pensionsstimme, es klang vornehmer und nervöser als ihr alltäglicher Tonfall. Sie sah Robin und winkte ihm, er solle ihr einen Stift geben und den Mund halten. Er wollte etwas sagen, doch sie funkelte ihn wütend an und zog mit dem Finger eine waagerechte Linie über ihre Kehle.
»Kinder sind immer willkommen«, sagte sie und scheuchte Robin aus dem Zimmer. Ihre Antwort schien dem Anrufer nicht zu gefallen. Robin sah, wie seine Mutter resigniert zur Decke schaute, während sie sagte: »Nein, keine Sorge. Momentan sind keine da außer mei-

nem Sohn, und er ist sehr ruhig! Fast unabhängig!« setzte sie verzweifelt hinzu, weil das Geschäft in diesem Sommer wirklich sehr schlecht gegangen war. »Wir kriegen ihn kaum zu sehen!«

Robin verstand und ging. In der Küche nahm er sich einen halben Liter Milch und ein Päckchen Ingwerkekse. Er durchsuchte die Schränke, fand zwei Dosen Sardinen und einen Becher Schoko-Creme. Er packte alles in eine Tüte, lief durch die Hintertür hinaus und stieß gleich darauf auf Sun Dance und die Zwillinge. Sun Dance sah sehr verdrießlich aus und Ant gereizt, doch Perry war vergnügt wie immer.

»Ich dachte, ihr wärt einkaufen«, sagte Robin.

»Waren wir auch, aber Mom hat uns in einen Bus gesetzt und nach Hause geschickt«, sagte Perry fröhlich.

»Sie ist furchtbar sauer«, sagte Ant.

»Sie hat gesagt, wir seien ein Alptraum und ohne uns würde alles viel schneller gehen«, erklärte Perry. »Wohin willst du denn so eilig?«

»Zum Strand.« Robin rannte, ging ein Stück langsamer und rannte wieder, sobald er bei Atem war.

»Das war ein furchtbarer Morgen.« Ant keuchte beim Versuch mitzuhalten. »Perry hat in der Bücherei ein Dutzend Eier fallen lassen!«

»Eier!« rief Robin. »An Eier hätte ich denken sollen!«

»Sie sind durch die ganze Gegend geflossen«, sagte Ant.

»Aber nicht, als er sie fallen ließ. Da ist nur eins zerbrochen, aber eine Bibliothekarin kam angelaufen und hat auf die anderen getreten …«

»Und auf meine Hand hat sie auch getreten!« unterbrach Perry sie. »Ohne sich zu entschuldigen! Und Mom ist so schnell mit uns hinausgelaufen, daß sie Sun Dance und das Gemüse vergessen hat, und als wir zurückkamen, verteilte Sun Dance Tomaten an Landstreicher …«
Sun Dance, der bisher kein Wort gesagt hatte, sah jetzt noch wütender aus.
»Warum rennen wir denn so?« fragte Perry.
»Wir holen meinen Hund«, sagte Robin.
»Sun Dance hat uns erzählt, daß du einen Hund hast, aber wir dachten, er redet Unsinn. Weil er Angst hatte, die Flut würde den Hund fortschwemmen, ist er wieder mitten in der Nacht aufgestanden. Was macht der Hund denn am Strand?«
Robin war zu sehr außer Atem, um antworten zu können, und die Zwillinge, noch ganz mit den Schrecken ihrer Einkaufstour beschäftigt, redeten gleich weiter.
»Auf dem Markt haben wir Böhnchen verloren, und dann fanden wir sie bei einem Gemüsestand, wo sie Saubohnen aufbrach. Mom mußte sie bezahlen, und Böhnchen wollte sich nicht entschuldigen.«
»Bei wem?« Robin war einen Moment lang abgelenkt.
»Bei allen«, sagte Ant kurz. »Warum ist dein Hund am Strand? Und wann hast du ihn bekommen? Geht es ihm gut?«
»Er kann nicht laufen.«
»Wie willst du ihn dann nach Hause bringen?« fragte Perry. »Hunde sind schrecklich schwer zu tragen. Ich und Ant sind fast gestorben, als wir letzten Sommer Alter

Mop heimtragen mußten, weil er Schnittwunden an allen Beinen hatte.«
»Ich weiß nicht«, sagte Robin bedrückt. »Wir müssen wahrscheinlich versuchen, ihn gemeinsam zu tragen. Wir hätten Moms Schubkarre mitnehmen können! Hätte ich bloß daran gedacht, aber ich wollte schnell zurück. Ich habe ihn schon zu lange allein gelassen.«
Zum ersten Mal meldete sich Sun Dance. »Perry und Ant sollen sie holen.«
»Würdet ihr das machen?« fragte Robin voll Hoffnung.
»Würde sie uns die Karre geben?«
»Nein«, sagte Robin. »Mit ihren Gartengeräten ist Mom eigen. Ich habe einmal einen Spaten am Strand verloren. Ihr müßtet sie heimlich holen. Vielleicht laßt ihr es lieber.«
Zuerst waren Perry und Ant nicht sehr versessen darauf, zurückgeschickt zu werden, aber ein kleiner Einbruch für einen guten Zweck reizte sie, und sie rannten davon. Robin und Sun Dance liefen weiter den Strand entlang; nach ein paar Minuten hatten sie einen blauen Fleck entdeckt, Robins Jacke, und rasten darauf zu. Robin sah sehr erleichtert, daß der Hund noch lebte, doch Sun Dance fühlte die knotigen Knochen durchs Fell und fing an zu weinen.
»Armer toter Hund«, schluchzte er, und seine Tränen tropften in den Sand.
»Er ist nicht tot.« Robin riß den Milchkarton auf. »Er ist nur schrecklich hungrig. Da, schau!«

Sie hatten keine Schüssel für den Hund, doch er schaffte es, aus dem Karton zu schlabbern. Der Inhalt der beiden Sardinendosen verschwand in zwei hungrigen Happen, und als Robin das Päckchen Ingwerkekse aufmachte, waren die Tränen von Sun Dance verschwunden, er lächelte.

»Wie heißt er?«

»Ich weiß nicht«, sagte Robin.

»Er muß einen Namen haben.«

»Wahrscheinlich. Aber ich kenne ihn nicht.«

»Wenn er meiner wäre, würde ich ihn uralte Gesetze nennen«, sagte Sun Dance und sah zu, wie der Hund Schoko-Creme aus dem Becher leckte.

Robin lachte.

»Irgendwas mußt du ihn nennen«, beharrte Sun Dance. »Wie wäre es mit Seetang?«

»Er gehört mir noch nicht mal richtig.«

»Aber sicher«, sagte Sun Dance erstaunt. »Du hast ihn gefunden. Wie wäre es mit Schokoladengesicht?«

»Schokoladengesicht ist kein Name.«

Sun Dance schaute auf der Suche nach weiteren Anregungen über den Strand. »Nenne ihn Möwe oder Zerbrochene Muschel.«

»Nein.«

»Wolke. Blauer Himmelsfleck. Felsenteich. Angeschwemmter toter Krebs?«

»Nein.«

»Sun Dance, nach mir?« schlug Sun Dance frustriert vor. »Fußspur? Schatten auf dem Sand?«

»Viel zu lang«, sagte Robin.
»Schade, daß du nicht Robinson Crusoe heißt«, sagte Sun Dance.
»Warum?«
»Er ist ein Hund, und es ist Freitag. Wir hätten ihn Hund Freitag nennen können!«
»Hund Freitag ist super«, sagte Robin. »Abgekürzt Freitag!«

Als die Zwillinge ankamen, war Freitag aufgestanden und humpelte auf drei Beinen herum. Sie schoben ihn nach Hause; sein Schwanz hing über ein Ende der Karre und seine Vorderpfoten über das andere.
»Er ist ausgesetzt worden«, sagte Ant. »Guck mal! Man kann sehen, wo sein Halsband war.«
»Darf ich auch in die Schubkarre?« fragte Sun Dance. »Damit er nicht so allein ist?«
»Nein!« sagten die Schubkarrenschieber.
»Was er wohl ist?« fragte Robin. »Ich meine, welche Rasse.«
»Spaniel«, sagte Perry. »Ein bißchen Spaniel jedenfalls. Sein Schwanz ist wie beim Spaniel, und seine Ohren wären es auch, wenn sie ein bißchen länger wären, und seine Beine, wenn sie ein bißchen kürzer wären ...«
»Was wird deine Mom sagen?« fragte Ant realistisch wie immer.
»Sie sagt bestimmt: ›Der arme Kerl. Das müßte verboten werden‹«, sagte Robin, »und dann läuft sie wie verrückt herum und versucht ihm zu helfen.«

»Woher weißt du das?«
»Das macht sie immer«, erklärte Robin. »Bei hungrigen Vögeln im Winter, verdorrten Pflanzen, armen Leuten im Fernsehen, sogar bei Pensionsgästen, die unglücklich aussehen. Es ist immer das gleiche. Und sie sagt jedesmal, die Schuldigen sollte man hängen oder ertränken oder sonstwas Schreckliches mit ihnen anstellen.«
»Gut«, sagte Sun Dance.
»Sie meint es nicht ernst.«
Sun Dance sah sehr enttäuscht aus.

Mrs. Brogan verhielt sich genau so, wie Robin vorausgesagt hatte.
»Der arme Kerl!« rief sie, als die Kinder Freitag auf den Küchenboden legten. »Hoffentlich ist er stubenrein!«

»Er ist ausgesetzt worden«, erklärte ihr Perry.
»Das müßte verboten werden!« sagte Mrs. Brogan. »Wer so was macht, den sollte man aufhängen! Ich würde ihn aufhängen!«
»Ich würde Ihnen dabei helfen«, versicherte Sun Dance so ernst, daß Mrs. Brogan sagte, nun, vielleicht nicht gerade aufhängen.
»Ertränken?« schlug Sun Dance vor.
»Wirklich, Sun Dance! Aber ich würde ihm gern mal die Meinung sagen!«
Während sie redete, untersuchte sie Freitags Bein und badete seine Pfote. Dann wurden die Zwillinge nach dem Korb geschickt, den Alter Mop nie benutzte (Betten waren ihm lieber), Robin mußte Hundefutter einkaufen, und Sun Dance wurde ihm nachgeschickt, damit er nicht vergaß, Milch mitzubringen. Freitag fraß sein Futter und trank die Milch und erkundete hinkend die Küche.
»Durch das viele Essen hat er eine andere Figur bekommen«, sagte Perry. »Ob er seinen Namen kennt? Komm, Freitag! Komm her!«
Freitag tappte zu Perry, setzte sich und hielt die kranke Pfote hoch. Mrs. Robinson kam, um den Neuankömmling zu besichtigen. »Sie haben einen neuen Pensionsgast!«
»Freitag«, stellte Sun Dance vor, »die Abkürzung für Hund Freitag! Er ist jetzt Robins Hund. Uralte Gesetze und so!«
»Da hat jemand einen hübschen kleinen Hund verloren!« Mrs. Robinson bückte sich und streichelte ihn.

»Er war ein Landstreicher«, sagte Sun Dance.
»Der arme kleine Kerl. Das sollte verboten werden«, sagte Mrs. Brogan. »Ich mag gar nicht die Polizei anrufen!«
»Polizei!« rief Robin.
»Nun, er muß schließlich jemand gehören!«
»Aber sie haben ihn ausgesetzt«, protestierte Perry. »Man kann noch sehen, wo das Halsband war!«
»Er hätte sterben können«, sagte Ant.
»Trotzdem ist es Vorschrift«, sagte ihre Mutter. »Das wißt ihr.«
»Es tut mir wirklich leid, aber wir müssen melden, daß wir ihn gefunden haben«, sagte Mrs. Brogan.
»Warum können wir ihn nicht einfach behalten?« fragte Robin, während Sun Dance brüllte: »Und die uralten Gesetze? Was ist mit den uralten Gesetzen? Landstreicher können nichts dazu! Er hat nichts Schlimmes getan!«
»Vielleicht sucht ihn jemand«, gab Mrs. Brogan zu bedenken, doch niemand achtete darauf.
»Ich gebe ihnen Tomaten!« sagte Sun Dance.
»Ich dachte, du magst ihn«, sagte Robin.
»Es geht nicht darum, ob ich ihn mag«, entgegnete seine Mutter geduldig. »Man muß machen, was richtig ist. Tut mir leid, Robin. Wir sagen der Polizei, wenn niemand nach ihm fragt, nehmen wir ihn bei uns auf, aber mach dir keine zu großen Hoffnungen. Vielleicht war er mit jemand hier in Urlaub und ist einfach weggelaufen.«
»Du hast gesagt, wer das macht, gehört aufgehängt!« sagte Sun Dance zornig.

»Hab ein Herz, Sun Dance!« sagte Mrs. Brogan. »Wenn dir Alter Mop weggelaufen wäre und jemand hätte ihn gefunden, dann würdest du ihn wiederhaben wollen, oder?«

»Natürlich würde er ihn wiederhaben wollen«, sagte Mrs. Robinson, und zögernd gaben Robin und die Zwillinge zu, daß sie recht hatte. Nur Sun Dance ließ sich nicht überzeugen, und insgeheim gab Mrs. Brogan ihm recht. Es fiel ihr sehr schwer, ein freundliches Gesicht zu machen, als die Polizei einen Mann mit einem Lieferwagen vorbeischickte, der Freitag ins Tierheim brachte.

»Je früher wir ihn holen, um so früher können Sie ihn zurückhaben«, erklärte ihr der Mann. »Wir behalten ihn nur sieben Tage.«

»Seine Pfote muß verarztet werden, und ihn muß man ein bißchen aufpäppeln«, sagte Mrs. Brogan.

»Machen Sie sich nur keine Sorgen«, sagte der Mann fröhlich. »Bei uns ist er in guten Händen. Um seinen Fuß wird man sich kümmern, und sie kriegen täglich ein Pfund Kutteln!«

»Kutteln!« wiederholte Mrs. Brogan, als Freitag weggebracht worden war. »Der arme kleine Hund. Nun, wenigstens ist er heute ordentlich gefüttert worden!«

»Ja.« Robin und die Zwillinge stimmten traurig, aber höflich zu. Sun Dance war nicht höflich.

»Wenn ich ein verirrter Landstreicher wäre, würdest du mich dann bei der Polizei abgeben?« fragte er.

»Nein, bei deiner Mom«, sagte Mrs. Brogan.

Robin zeichnete eine Tabelle, sieben Tage breit und vierundzwanzig Stunden lang. Sie war riesig. Er pinnte sie an seine Schlafzimmerwand und strich die Stunden aus, die vergangen waren.

»Das ist krankhaft, Robin!« sagte seine Mutter, als sie es sah. Sie machte sich Sorgen, was geschehen würde, wenn jemand Freitag abholte, und sie litt unter ihren Pensionsgästen. Vier waren unerwartet spät am Freitag abend angekommen, und als sie am Samstag abreisten, nahmen sie acht Handtücher von Mrs. Brogan mit.

»Wäre es möglich, daß sie sie aus Versehen eingepackt haben?« fragte Mrs. Robinson, als sie davon hörte, doch Mrs. Brogan hielt das nicht für möglich. Niemand würde acht fremde Handtücher einpacken, ohne daß es ihm auffiel. Mrs. Brogan sagte, sie hätte die Nase voll von Übernachtungsgästen und wäre nicht traurig, wenn sie nie wieder einen zu sehen bekäme.

»Wirklich nicht?« Böhnchen hatte ihr zugehört.

»Kein bißchen!« Schon die Vorstellung, sich nicht mehr um Übernachtungsgäste kümmern zu müssen, munterte Mrs. Brogan auf. »Acht Handtücher! Ich könnte sie erwürgen!«

»Sie werden nie reich, wenn Sie Ihre Gäste erwürgen!« sagte Mrs. Robinson.

»Wenigstens hätte ich ein bißchen Befriedigung im Beruf«, sagte Mrs. Brogan, »wo ich doch sowieso nie reich werde, selbst wenn ich sie leben lasse! Das war die schlimmste Saison seit Jahren!«

Das kalte, graue Sommerwetter hielt die Leute vom Ur-

laub am Strand ab. Ständig läutete das Telefon, weil jemand absagte, und bei jedem Läuten schrak Robin zusammen, weil er immer fürchtete, es sei die Polizei mit der Nachricht, daß Freitag abgeholt worden war.
»Um Himmels willen, geh und such dir eine Beschäftigung«, sagte Mrs. Brogan. »Eine, bei der du das Telefon nicht hören kannst!«
Robin ging zu den Nachbarn und half den Zwillingen und Sun Dance, den Kotelettknochenmann zusammenzusetzen. Sie verknoteten seine Gelenke mit Gartendraht und verstärkten ihn mit Bohnenstangen, die Perry vom Gartenbeet stibitzt hatte. Dan schaute über die Gartenmauer und fragte: »Habt ihr euren Opa ausgegraben?« Er lief weg, bevor jemand auf eine passende Antwort kam.
Böhnchen betrachtete das Resultat und war nicht zufrieden. »Er braucht einen richtigen Kopf«, sagte sie, und Ant erklärte ihr, daß Sun Dance darauf bestanden hatte, zum Metzger zu gehen und einen zu holen.
»Menschenkopf?« fragte Böhnchen höchst erstaunt.
»Schweinekopf«, sagte Ant. »Aber ich glaube nicht, daß er Glück hat. Er ist schon eine Ewigkeit fort.«
Sie waren nicht überrascht, als Sun Dance viel später mit leeren Händen und Zornestränen in den Augen zurückkam.
»Ich habe ihm gesagt, daß er ein Einbrecher ist«, schniefte er. »›Uralte Gesetze!‹ habe ich gesagt, aber er hat gar nicht darauf geachtet!«
»Wer? Der Metzger?«

»Deshalb bin ich hinters Haus geschlichen, und sie haben mich gepackt und rausgeworfen! Ich sagte, ich will nur schauen. Sie haben so getan, als wüßten sie nicht, wovon ich rede!«

»Und wovon redest du?« fragte Ant. »Vom Metzger?«

»Der?« fragte Sun Dance. »Der? Er hat keine Köpfe. Er sagte, sie kämen immer ohne. ›Tiere haben Köpfe‹, sagte ich, ›was macht ihr damit?‹ Aber er wollte mir keine geben, deshalb bin ich zur Polizei!«

»Wegen einem Kopf?«

»Wegen Freitag«, sagte Sun Dance ungeduldig. »Ich wollte ihn abholen! Gestern abend haben sie gesagt, vielleicht kommt jemand und holt ihn ab, also bin ich gekommen!«

»Heiliger Strohsack!«

»›Ich bin ein Landstreicher‹, habe ich gesagt, ›und ihr habt meinen Hund! Er ist auch ein Landstreicher. Ich habe ihn durch uralte Gesetze bekommen, und ich will ihn abholen!‹ Aber sie waren gemein zu mir!« Sun Dance schniefte voll Selbstmitleid. »Deshalb bin ich hinters Haus gegangen und habe ihn gesucht. Aber ich habe ihn nicht gefunden. Sie haben mich gefunden. Sie waren sehr grob. ›Wie heißt du?‹ haben sie mich dauernd gefragt, immer wieder. ›Sun Dance‹, habe ich gesagt. Ich dachte, sie stecken mich ins Gefängnis! Ich habe sie gebeten, mich zu Freitag ins Gefängnis zu stecken, aber schließlich haben sie mich rausgeschmissen!«

Sprachlos über sein Talent, Mist zu bauen, starrten sie ihn an.

»Ihr seid nicht gekommen und habt mich gerettet!« beschwerte sich Sun Dance.

»Wir dachten, du bist nur die Straße hinauf zum Metzger! Wenn Mom und Dad wüßten, daß du zur Polizei gegangen bist, würden sie dich nie mehr weglassen!«

»Ich habe nichts Schlimmes gemacht«, sagte Sun Dance erbost. »Und was macht ihr jetzt mit dem Kotelettknochenmann? Ohne Kopf sieht er aus wie Draht und Knochen!«

»Er besteht nur aus Draht und Knochen«, sagte Ant. »Wir könnten ihm einen Kopf aus Papier machen. Oder wir nehmen einen Ballon.«

»Josephine!« rief Böhnchen. »Ihren könnt ihr haben!« Sie lief ins Haus und kam nach einer Minute mit einer großen Lumpenpuppe und der Stoffschere ihrer Mutter zurück.

»Ich hasse Josephine!« sagte Böhnchen und schnitt ihr den Kopf ab.

Niemand außer Robin verzog auch nur das Gesicht bei dieser Untat. Er hatte sich noch nicht an die totale Rücksichtslosigkeit der Robinson-Kinder gewöhnt. Selbst Ant schreckte vor nichts zurück und tat Dinge, die Robin nicht im Traum einfallen würden. Manchmal beneidete er sie um ihren Mangel an Gewissen und kam sich im Vergleich zu ihnen sehr alt vor. Aber schließlich hatten sie auch nicht so schnell erwachsen werden müssen wie er.

Der Kotelettknochenmann sah sehr eindrucksvoll aus mit Josephines Kopf auf seinem Bohnenstangenrückgrat.

Die Zwillinge waren besonders stolz auf ihn. Ungeheuer großzügig boten sie Robin an, er könne ihn zur Gesellschaft mit in sein Zimmer nehmen, bis er seinen Hund wiederhatte.
»Das geht nicht«, sagte Robin zögernd und stand auf, um nach Hause zu gehen. »Mom würde durchdrehen! Sie ist heute schon genug genervt.«
Diese Bemerkung regte Böhnchen zu dem tollen Einfall an, den Kotelettknochenmann in den Garten der Brogans unter das Schild zu hängen, das Gäste zum Übernachten einlud.
»Damit die fiesen Pensionsgäste wegbleiben«, erklärte sie. »Ihretwegen ist Mrs. Brogan so genervt!«
Das Schild gab einen prächtigen Galgen ab und hatte den Vorteil, vom Haus aus durch einen Fliederbusch verdeckt zu sein. Der Kotelettknochenmann, der wirklich sehr grausig aussah mit seinen verdrahteten Knochen und Josephines grinsendem Gesicht, schreckte erfolgreich alle vorbeikommenden Gäste ab.
Mrs. Brogan war außer sich vor Wut, als sie ihn am Sonntag abend entdeckte.
»Euch hänge ich gleich alle daneben auf!« kündigte sie ihren Nachbarn an.
»Sie meint es nicht so«, sagte Robin.
»O doch!« sagte Mrs. Brogan.
Erst als sich die ganze Familie Robinson demütig entschuldigte, ließ sie sich besänftigen. Doch einmal versöhnt, wurde sie sofort leichtsinnig. Daß Mrs. Robinson ihre Kinder in Bausch und Bogen verdammte und ihr

noch dazu ausführlich den Großeinkauf schilderte, rührte Mrs. Brogan so, daß sie alle Kinder für eine Nacht zu sich einlud, damit Mr. und Mrs. Robinson zu den Lichtern der Großstadt entfliehen konnten.

»Aber das können wir Ihnen unmöglich zumuten!« rief Mrs. Robinson und überlegte bereits, was sie einpacken sollte.

»Aber natürlich!« sagte Mrs. Brogan. »Wir haben jede Menge leere Betten, und Robin wird von seinen Sorgen um diesen armen kleinen Hund abgelenkt. Er hat das ganze Wochenende an nichts anderes gedacht.«

»Ich auch nicht«, sagte Sun Dance bekümmert.

Mrs. Robinson mußte nicht lange überredet werden. Sie kamen überein, daß sie am Mittwoch ihren Mann zwingen würde, sich einen ganzen Tag frei zu nehmen. Dann würden sie zusammen wegfahren und ihre Kinder für einen ganzen Tag und eine Nacht verlassen. Die verlassenen Kinder würden versprechen, in dieser Zeit nichts als fröhlich, hilfsbereit und höflich zu sein.

»Wenn Sie das wirklich auf sich nehmen wollen?« fragte Mrs. Robinson.

»Wirklich und wahrhaftig«, sagte Mrs. Brogan. »Dann müssen wir nur noch Donnerstag nacht durchstehen. Am Freitag abend sind die sieben Arresttage von Hund Freitag vorbei, und wenn alles gutgeht, haben wir ihn am Samstag morgen wieder. O Robin! Und ich habe ihm gesagt, er soll sich nicht zuviel Hoffnung machen! Ich bin genauso schlimm!«

»Es tut uns wirklich leid wegen dem Kotelettknochenmann!« sagte Ant. »Wir haben nicht nachgedacht.«

»Ich habe euch verziehen«, sagte Mrs. Brogan. Sie ging nach Hause und kam sich so gütig und menschenfreundlich vor, daß sie gar nicht an ihr Schild im Garten dachte, und der Kotelettknochenmann hing dort bis Montag morgen und erreichte weiter seinen guten Zweck. Schließlich kam Ant herüber und bat höflich um Erlaubnis, ihn abnehmen zu dürfen.

»Höllenqualm und Eimer voll Blut, Ant!« rief Mrs. Brogan, und Ant nahm das klugerweise als Einverständnis.

4

Am Montag war Robin schon viel zuversichtlicher. Die Polizei nahm offenbar den Besuch von Sun Dance nicht ernst, und niemand hatte Freitag abgeholt. Das war so ermutigend, daß Robin sein Sparschwein plünderte und ein Halsband und eine knallrote, extra lange und extra starke Hundeluxusleine kaufte. Er trug sie zusammengerollt in der Jeanstasche mit sich herum. Schon daß er sie spürte, war beruhigend. Der Mann in der Tierhandlung hatte ihm versichert, daß es die beste Hundeleine auf dem Markt war, stark genug für jeden Hund, wie groß er auch sein mochte.

Als er hörte, daß sie für eine Art Spaniel gedacht war, schlug er eine viel billigere vor, die ihren Zweck genauso gut erfüllen würde, doch Robin wollte nichts davon wissen. Wenn es um Freitag ging, war nur das Beste gut genug.

»Robin!« rief Mrs. Brogan, als sie seine Schätze sah. »Es ist viel zu früh, eine Hundeleine zu kaufen! Hast du dafür dein ganzes Geld ausgegeben?«

»Beinah. Es reicht noch für ein paar Hundekuchen zum Einstand.«

»Das Hundefutter zahlt die Haushaltskasse. Darum brauchst du dir keine Sorgen zu machen.«

»Es macht mir Spaß, ihm Sachen zu kaufen«, erklärte Robin.
»Ja, aber ... Nun ja, ich kann wohl nichts dagegen sagen!«
»Warum nicht?«
Mrs. Brogan wies auf eine Kiste in der Küchenecke. »Hundefutter«, sagte sie. »Dosen. Zwanzig!«
»Zwanzig!« wiederholte Robin.
»Wenn man zwanzig Etiketten einschickt, bekommt man gratis einen Steingutnapf.«
»Einen Hundenapf?«
»Natürlich einen Hundenapf!«
»Na dann«, sagte Robin.
»Ich finde, auch wenn wir Freitag nicht bekommen, sollten wir uns einen Hund anschaffen. Du kannst also aufhören, mich so anzugrinsen! Und sprich es nicht aus!«
»Was?«
»Ich will nur Freitag!« zitierte Mrs. Brogan.
»Okay«, sagte Robin, »aber es stimmt.«
»Ich weiß. Aber vergiß nicht, daß im Meer noch genauso viele gute Fische sind, wie man herausgezogen hat.«
»Aber keine Hunde!« sagte Robin.
»Ach, geh und kauf deine Hundekuchen!«
Robin ging und lächelte vor sich hin beim Gedanken an die zwanzig Dosen Hundefutter.
Als er zum Dorfladen kam, fiel ihm eine Karte zwischen den Postkarten an der Tür auf. Er blieb stehen und las sie und las sie immer wieder, während alles Glück vom Morgen verblaßte.

ENTLAUFEN
SCHWARZER SPANIELÄHNLICHER HUND
HÖRT AUF DEN NAMEN WÄCHTER
TELEFON: 6814
BELOHNUNG!

Das konnte nicht Freitag sein. Wer Freitag beigebracht hatte, zur Begrüßung die Pfote zu heben, hatte inzwischen genug von ihm. Freitag war ausgehungert und verlassen gewesen, als Robin ihn gefunden hatte.
Vielleicht hatten es sich seine Besitzer anders überlegt, dachte Robin. Vielleicht hatte er ihnen doch gefehlt, und sie wollten ihn zurück. Vielleicht fühlten sie sich jetzt schuldig. Aber das machte keinen Sinn, und was immer ihre Gründe sein mochten, jetzt kamen sie seiner Meinung nach zu spät. Sie hatten ihr Recht auf Freitag verloren oder auf Wächter, wie sie ihn nannten. Man sollte ihnen nicht mehr trauen.
Während er noch die Karte betrachtete, kam eine Gruppe alter Damen zum Laden. Lachend und schwatzend drängten sie sich durch die Tür und umstellten die Theke und den Verkäufer. Eine Idee schoß Robin durch den Kopf. Eine Sekunde später war er in und aus dem Laden, tat dann, als hätte er sich nicht von der Stelle gerührt; die Karte steckte in seiner Tasche.
»Das war aber schnell!« Dan tauchte plötzlich aus dem Nichts auf und grinste, als Robin zusammenschrak.

»Woher weißt du, wie lange ich wozu gebraucht habe?«
»Ich bin gerade die Straße heruntergekommen, als du reingegangen bist. Du warst keine Sekunde drin!«
»Ich habe nichts gekauft.«
»Nein, bestimmt nicht.« Dan hörte nicht auf zu grinsen und blieb neben Robin, der jetzt weiterging.

»Ich wollte Hundekuchen kaufen«, sagte Robin verbissen.
»Hundekuchen!« wiederholte Dan skeptisch. »Du! Wau-wau!«
»Tatsächlich.«

»Und wo sind sie? Du hast noch nicht mal einen Hund!«
»Das habe ich auch nicht behauptet.« Robin wurde verlegen. »Jedenfalls habe ich keine gekauft. Und sonst auch nichts. Ich bin einfach rein- und wieder rausgegangen.«
»Ach ja?«
»Ja!«
»Man stelle sich vor – Robin Brogan klaut«, sagte Dan laut zu niemand Besonderem. »Robin Brogan!«
»Das hab ich nicht gemacht!«
»Meine Mutter sagt mir immer, ich soll mich von dir fernhalten. Was sie wohl sagen würde, wenn sie das wüßte!«
Robin ging schweigend weiter.
»Und was deine Mutter wohl sagen würde?«
»Ach, halt den Mund!«
»Klauen!« wiederholte Dan triumphierend. »Wenn ich je was klauen würde, wüßte ich, was passiert. Mein Vater ...«
Er schwieg plötzlich. Niemand, noch nicht mal Dan in seinen schlimmsten Momenten, erwähnte gegenüber Robin Väter. Zum Glück kam in diesem Augenblick Sun Dance auf sie zugerannt.
»Ich habe dich gesucht!« sagte er zu Dan. »Ich wollte dir sagen, was meine Mutter gesagt hat!«
»Wer will schon wissen, was deine Mutter sagt?«
»Sie hat gesagt, ich soll dir aus dem Weg gehen!«
»Gut!«

»Weil man nur Ärger kriegt, wenn man versucht, mit dir zu reden!«
»Wer hat das gesagt?«
»Meine Mutter.«
»Pah!« machte Dan.
»Ich dachte, ich sag's dir!«
»Dann hau ab«, sagte Dan.
»Was?«
»Hau ab! Verschwinde! Mach dich dünn! Geh mir aus dem Weg!«
»Wer? Ich?«
»Ja, du! Wie deine Mom dir gesagt hat!«
»Tut es dir nicht leid?«
Dan sah ihn erstaunt an, bevor er in den Weg zum Strand einbog.
»Wohin gehst du?«
»Kümmere dich um deine Sachen!«
»Darf ich mit?« bat Sun Dance.
Dan drehte sich um und rief etwas sehr Beleidigendes, und Robin konnte Sun Dance gerade noch packen, bevor er sich auf Dan stürzte.
»Laß mich los!« schrie Sun Dance und wand und wehrte sich so heftig, daß Robin erleichtert war, als Mrs. Robinson kam und ihn wegzog.
»Danke, Robin!« Dann sah sie sein finsteres Gesicht. »Kopf hoch! Diesmal ist nichts passiert!«
Robin war nicht ihrer Meinung. Er ging hinauf in sein Zimmer, setzte sich mit dem Rücken gegen die Tür, damit niemand unerwartet hereinkommen konnte, und zerriß

die Karte immer wieder, bis sie nur noch ein Häufchen Staub war. Dann saß er da und schüttete es von einer Hand in die andere, während er nachdachte. Sein Hund wurde von den Eigentümern gesucht. Er selbst war von Dan beim Diebstahl ertappt worden. Was Dan mit dieser Information anfangen würde, war gar nicht auszudenken.

Einen schrecklichen Augenblick lang hatte Robin gedacht, er müßte ihn wieder schlagen, um ihn zum Schweigen zu bringen. Sun Dance war gerade rechtzeitig gekommen. Armer alter Sun Dance! Flüchtig kam Robin in den Sinn, daß es eines Tages Ärger zwischen Sun Dance und Dan geben würde, aber dann machte er sich wieder Sorgen um Freitag.

Den Rest des Tages und den ganzen nächsten wurde Robin von einer Mischung aus Schuld und Angst geplagt. Am liebsten hätte er die ganze Zeit am Telefon gesessen und darauf gewartet, daß die Polizei anrief und mitteilte, daß Freitag abgeholt worden sei. Doch die Robinson-Kinder, die sich auf die Nacht ohne ihre Eltern freuten, kamen ständig an und wollten mit ihm ihre Pläne beraten. Genau das hatte sich Mrs. Brogan erhofft, obwohl sie ein wenig überrascht war zu hören, daß ihre Gäste sich die Zeit mit Mord im Dunkeln, Kissenschlachten, einem mitternächtlichen Festessen und einem Spiel namens Lawine vertreiben wollten, das bei ihnen zu Hause verboten war. Zu diesem Spiel gehörte es, sich eine Treppe hinunterzustürzen, aber es war angeblich ganz ungefährlich, versicherte Ant Mrs. Brogan, wenn genug

Kissen und Matratzen und Decken bereitlagen, die den Sturz dämpften.
Mrs. Brogan stimmte gut gelaunt Mord im Dunkeln zu, doch nicht der Kissenschlacht; sie genehmigte das mitternächtliche Festessen, wenn die Speisefolge im Rahmen blieb und Teller benutzt wurden, aber sie verbot ihren Gästen unter allen Umständen, Lawine zu spielen.
»Es ist ein sehr stilles Spiel«, erklärte ihr Böhnchen ernsthaft, »wenn niemand schreit!«
»Ich würde schreien«, sagte Mrs. Brogan.
Sun Dance zog Robin in eine stille Gartenecke, wo er ihm anvertraute, daß er in die Polizeiwache einbrechen wollte. Robin sollte ihm helfen.
»Wir könnten uns davonstehlen, während sie Mord im Dunkeln spielen«, sagte er. »Kinderleicht! Überhaupt ist Freitag dein Hund, deshalb wäre es kein Einbruch, und selbst wenn, werden Einbrecher heutzutage nie gefaßt, sagt mein Dad.«
Weil die gestohlene Karte sein Gewissen belastete, hielt sich Robin nicht für berechtigt, die Untaten anderer Leute zu beurteilen, doch es war offensichtlich, daß Sun Dance seine Pläne ausführen würde, falls sie ihm nicht ausgeredet wurden.
»Es wäre ganz bestimmt Einbruch«, sagte Robin entschieden zu Sun Dance. »Und natürlich würdest du erwischt! Und Mom wäre wütend, und keiner von euch dürfte mehr herüberkommen. Ich wette, du würdest Freitag sowieso nicht finden. Und selbst wenn, selbst wenn du ihn nach Hause bringen könntest, ohne erwischt zu

werden, würden sie dich zwingen, ihn am Morgen zurückzugeben, und wir müßten noch mal sieben Tage warten. Das ist eine ganz schlechte Idee!«
»Na schön«, sagte Sun Dance fröhlich. »Dann denke ich mir was anderes aus. Willst du mir helfen?«
Robin sagte, er glaube, Sun Dance komme allein viel besser zurecht. So bald wie möglich verschwand er in seinem Zimmer, wo er das Telefonbuch durchsah in der Hoffnung, die Adresse zu der Nummer auf der Karte zu finden. Er war mit den »Bakers« halb durch, als Mrs. Brogan ihn entdeckte.
»Was machst du denn da?«
Robin schaute sie hilflos an und wußte keine Antwort.
»Komm herunter und hör auf, dir Sorgen um diesen Hund zu machen«, sagte Mrs. Brogan. »Ich weiß, wie dir zumute ist, weil es mir genauso geht, aber wenn du hier oben sitzt, vergeht die Woche auch nicht schneller.«
»Sun Dance hat mich gebeten, mit ihm beim Polizeirevier einzubrechen«, sagte Robin. »Ich wollte, ich könnte es!«
»Ich habe eine viel bessere Idee. Hör zu! Wenn jemand Freitag abholen will, und ich glaube allmählich, das wird nicht geschehen, aber wenn, dann werde ich anbieten, ihn zu kaufen. Wie gefällt dir das als letzter Trumpf?«
»Jedenfalls besser als der Plan von Sun Dance«, sagte Robin dankbar.
»Eben! Ehrlich währt am längsten! Und so lange dauert es nicht mehr bis zum Wochenende, und wir glauben noch nicht mal, daß jemand Freitag sucht, also Kopf

hoch! Komm runter und sieh dir an, was Mrs. Robinson gerade gebracht hat.«

Robin ging hinunter, die Worte seiner Mutter klangen ihm noch im Ohr. »Ehrlich währt am längsten! ... Wir glauben noch nicht mal, daß jemand Freitag sucht!« Die Karte vom Dorfladen hatte er zu Staub zerrissen und unten in der Mülltonne begraben, aber die Telefonnummer wurde er nicht so leicht los. Er hatte versucht, sie zu vergessen, doch es ging nicht. Ehrlich wäre, diese Nummer anzurufen und auf Freitag zu verzichten.

Aus der Küche kamen bewundernde Rufe. Um ihr Gewissen zu besänftigen, hatte Mrs. Robinson einen riesigen Schokoladenkuchen gebacken und einen großen Truthahn gebraten, damit sich Mrs. Brogan ums Essen keine Gedanken zu machen brauchte. Alter Mop und die Zwillinge waren in der Küche und bewunderten die Speisen stolz und hungrig zugleich.

»Sie fangen doch nicht an zu essen, bevor wir kommen, oder?« fragte Perry ängstlich.

»Kaum«, antwortete Mrs. Brogan.

Auf dem Rasen der Brogans probierten Böhnchen und Sun Dance ihre Schlafsäcke aus.

»Wir bringen sie jetzt schon, um morgen Zeit zu sparen«, erklärte Böhnchen Mrs. Brogan.

»Haben Landstreicher Schlafsäcke?« fragte Sun Dance.

»Ich glaube, manche schon«, antwortete Mrs. Brogan.

»Essen sie Truthahn und Schokoladenkuchen?«

»Wenn sie es kriegen.«

Sun Dance, der seit dem verunglückten Großeinkauf vorwiegend von Tomaten lebte, seufzte erleichtert.
»Sun Dance«, sagte Mrs. Brogan behutsam, »du mußt aufhören, dich um diese Landstreicher zu sorgen, weißt du.«
»Warum? Sie sind doch noch da, oder?«
»Manche von ihnen sind gern Landstreicher.«
»Ich wäre es gar nicht gern«, sagte Sun Dance.
»Es ist sehr schwierig, ihnen zu helfen.«
»Gar nicht. Es ist leicht. Ich habe ihnen Tomaten geschenkt.«
Mrs. Brogan gab es auf und ging zurück ins Haus. Sun Dance und Böhnchen breiteten weiter ihre Besitztümer aus. Es wurde ein sehr gutes Lager, besonders als Böhnchen ihre beiden großen Koffer voll Spielzeug ausgepackt hatte und Sun Dance damit fertig war, den Kotelettknochenmann in Perrys Schlafsack unterzubringen.
»Es sieht aus, als wären wir schon ewig hier«, sagte Böhnchen stolz, und Sun Dance stimmte zu. Sie versuchten gerade, Alter Mop in Ants Schlafsack zu stecken, als ein Wagen auf der Straße hielt.
»Gütiger Himmel!« sagte der Mann, der ausstieg. »Vor ein paar Tagen habe ich angerufen, und die Frau sagte mir, sie hätte nur einen ruhigen Jungen! Wohnt ihr hier?«
»Noch nicht, aber morgen«, sagte Böhnchen stolz. »Wir kommen alle zu Besuch.«
»Alle?«
»Wir und die Zwillinge, Mom und Dad aber nicht«, er-

klärte Böhnchen. »Sie fahren weg, und wir können machen, was wir wollen! Festessen um Mitternacht und Mord im Dunkeln! Aber wir haben unsere Schlafsäcke mitgebracht, weil Mrs. Brogan es satt hat, jeden Tag die Betten frisch zu beziehen!«

»Sehe ich aus wie ein Landstreicher?« fragte Sun Dance, doch die Leute antworteten nicht. Sie sprachen leise miteinander, dann stiegen sie wieder ins Auto und fuhren weg. Mrs. Brogan kam aus dem Haus gelaufen.

»Wer waren diese Leute?« fragte sie.

»Niemand Nettes«, sagte Böhnchen.

»Was haben sie gewollt?«

»Sie haben gefragt, ob wir hier wohnen, und haben gesagt, du hättest gesagt, daß du einen ruhigen Jungen hast. Sie haben gesagt, sie hätten dich angerufen.«

»O nein!« stöhnte Mrs. Brogan. »Wieder Gäste, die wegbleiben!«

»Nur schreckliche«, sagte Böhnchen vergnügt.

»Es ist egal, wie schrecklich sie sind, solange sie zahlen!« sagte Mrs. Brogan. »Das ist der schlechteste Sommer seit Jahren! Zur Abwechslung wäre es sehr nett, wenn ihr versuchen würdet, meine Gäste zu bezaubern, statt sie zu verjagen!«

Mrs. Robinson, die gerade ihre Kinder holen wollte, hörte die letzten Worte und wiederholte sie an diesem Abend sehr eindringlich vor Böhnchen und den Zwillingen.

»Mrs. Brogan muß Geld verdienen, und sie arbeitet hart, und sie hat es nicht leicht«, erklärte sie ihnen. »Ihr drei müßt mir versprechen, daß ihr euch morgen anständig benehmt. Sie erwartet keine Gäste, aber wenn welche kommen sollten, müßt ihr höflich und ruhig sein und helfen, wo ihr könnt. Wenn ich höre, daß jemand wegen einem von euch weggefahren ist, gibt es Ärger!«

Sie nickten feierlich.

»Und helft Robin, wo ihr könnt«, sagte sie. »Er macht sich zuviele Sorgen.«

»Wird gemacht.«

»Und noch eins. Diesen schrecklichen alten Müllhaufen, den ihr da herumschleppt ... diese Knochen ...«

»Meinst du den Kotelettknochenmann?« Perry traute seinen Ohren nicht.

»Entweder ihr begrabt ihn, oder ihr steckt ihn in die Mülltonne«, befahl seine Mutter. »Ich will ihn nicht mehr sehen und Mrs. Brogan bestimmt auch nicht! Und jetzt ab ins Bad, Böhnchen! Sun Dance ist inzwischen bestimmt fertig!«

Als sie gegangen war, schauten die Zwillinge einander an.

»Wir können den Kotelettknochenmann nicht wegwerfen«, sagte Ant. »Das würde ihn kränken. Und es wäre schade um Josephines Kopf.«

»Ich weiß auch nicht, wie wir Robin helfen sollen«, sagte Perry. »Jedenfalls nicht, wenn es um seinen Hund geht.«

»Er sorgt sich auch noch um anderes als Freitag. Daß sie nicht genug Geld haben und daß die Übernachtungsgäste nicht kommen.«

»Ich weiß«, sagte Perry.
»Zu dumm, daß Böhnchen und Sun Dance diese beiden verjagt haben.«
»Ja.«
»Hätten wir bloß den Kotelettknochenmann nicht aufgehängt.«
»Da hast du recht«, sagte Perry. »Sei eine Minute still, Ant! Ich muß nachdenken!«
»Worüber?«
»Sei still!«
Perry schloß die Augen und vergrub den Kopf unter einem Sofakissen. Ant wartete ungeduldig darauf, daß ihr Bruder Ordnung in seine Gedanken brachte.
»Beeil dich!«
Perry setzte sich auf und öffnete die Augen. »Sie sollte eine Anzeige aufgeben.«
»Ich dachte, du würdest dir was Nützliches ausdenken«, sagte Ant enttäuscht.
»Hab ich doch. Das ist es!«
»Das gleiche sagt Dad auch immer.«
»Na schön, das beweist, daß ich recht habe! Sie sollte eine Anzeige aufgeben, dann würden die Leute kommen. Aber sie macht es nicht.«
»Warum eigentlich nicht?«
»Vielleicht ist es ihr zu teuer.«
»Ja.«
Perry sah seine Schwester an, ob sie absichtlich so lange brauchte, aber sie schien nur ratlos und leicht gelangweilt zu sein.

»*Wir* könnten aber die Anzeige aufgeben!« sagte er. »Von unserem Geburtstagsgeld! Wir könnten sie in die Zeitung setzen lassen!«

»Wir wissen nicht, wie! Und wenn es nicht funktioniert?«

»Dann haben wir es wenigstens versucht. Und wenn es nichts hilft, hat es Robins Mutter wenigstens nichts gekostet, und wenn doch, dann macht es den Kotelettknochenmann wieder wett.«

Ant sah wenig überzeugt aus, doch Perry lief hinauf in sein Zimmer, das er mit Sun Dance teilte, und kam gleich darauf mit einer Lokalzeitung von vergangener Woche zurück.

»Da!« Triumphierend zeigte er auf die hintere Anzeigenseite. »Ich wußte doch, daß ich es gesehen habe! Da ist ein Formular zum Ausfüllen. Siebzehn Pence für ein Wort!«

»Pence?« Ant schöpfte Hoffnung. »Ich dachte, es wären Pfund.«

»Hier steht Pence.« Perry deutete darauf. »Und hier sind viele andere Anzeigen. Wir müssen nur abschreiben, was da steht.«

»Was müssen wir sonst noch machen?«

»Nichts«, sagte Perry. »Es ist kinderleicht: Aufschreiben, was in der Anzeige stehen soll. Ausrechnen, wieviel es kostet, das Formular ausfüllen und wegschicken. Dann erscheint die Anzeige diesen Freitag, wenn wir Glück haben, und nächsten Freitag, wenn nicht. Selbst dann wäre es nicht zu spät. Es ist noch viel Sommer übrig.«

»Was schreiben wir?« Ant fing Feuer.
»Übernachtungsgäste gesucht«, sagte Perry.
»Was noch? Wir sollten einen Grund nennen, aus dem die Leute wirklich kommen wollen. Zum Beispiel *Gutes Essen.*«
»Nur gutes Essen reicht nicht«, widersprach Perry. »Wir brauchen was richtig Aufregendes! Gespenster! *Gutes Essen und Gespenster im Seeblick!*«
»*Gutes Essen und Gespenster in Porridge Hall* klingt besser«, sagte Ant. »Ich finde, Porridge Hall ist ein schöner Name, aber es gibt keine Gespenster.«
»Wenn wir uns Mühe geben, können wir leicht welche auftreiben«, sagte Perry ungeduldig.
Ant studierte die anderen Pensionsanzeigen in der Zeitung. »Da stehen Sachen wie *Heiß und kalt und Fernsehen*«, sagte sie. »Was soll heiß und kalt sein?«
»Das Wasser natürlich«, sagte Perry. »Schade, daß keine Fernseher in den Zimmern sind.«
»Dafür hat Mrs. Brogan einen schönen Garten, und sie läßt ihre Gäste hinein.«
»Gut, dann schreiben wir: *Heißes und kaltes Wasser. Kein Fernsehen. Dafür Garten.*«
»*Gut erzogene Hunde und Kinder willkommen*«, schlug Ant vor.
»Das klingt, als müßten die Kinder so gut erzogen sein wie die Hunde.«
»*Gut erzogene Hunde und normale Kinder?*«
»Das ist besser. Und dann die Telefonnummer. Und die anderen schreiben immer noch was wie *Freundliches Per-*

sonal oder *Herzlich willkommen* oder *Familienbetrieb.*«

»Mrs. Brogan ist nett, aber nicht immer freundlich. Sie kann sehr jähzornig sein.«

»Gut, dann schreiben wir *ziemlich freundlich.* Das ist sie.«

Übernachtungsgäste gesucht.
Gutes Essen (und Gespenster) in Porridge Hall.
Heißes und kaltes Wasser.
Kein Fernsehen. Dafür Garten.
Gut erzogene Hunde und normale Kinder willkommen.
Telefon 5703. Besitzerin ist ziemlich freundlich.

»Dreißig Wörter«, sagte Ant, die alles sorgfältig aufgeschrieben und gezählt hatte. »Wieviel kostet das?«

»Siebzehn mal dreißig?« rief Perry zu Sun Dance hinauf. Einen Augenblick später kam die Antwort.

»Fünfhundertzehn.«

»Fünf Pfund und zehn Pence«, sagte Perry, »und noch mal eins fünfzig für den Rahmen. Ich finde, mit Rahmen sieht es viel eleganter aus.«

»Also sechs Pfund sechzig. Drei Pfund dreißig für jeden. Das geht noch!«

Perry nickte. Sie steckten sechs Pfund-Münzen und drei Zwanziger mit dem Formular in einen Umschlag. Dann ging Ant hinauf zum Baden, und Perry lief zum Briefka-

sten und kam gerade noch rechtzeitig zur Abendleerung.
»Geschafft!« sagte er befriedigt, als er zurückkam.
»Was geschafft?« fragte Mrs. Robinson.
»Oh, nichts Besonderes«, antworteten Perry und Ant gleichzeitig.
Mrs. Robinson schaute die Zwillinge mißtrauisch an, doch sie war zu sehr mit Plänen und Anordnungen für den nächsten Tag beschäftigt, um sich lange Gedanken zu machen. »Ihr vergeßt doch nicht, was ich euch wegen morgen gesagt habe?«
»Natürlich nicht.«
»Ruhig, hilfsbereit und höflich?«
»Wissen wir.«
»Und?«
»Und was?«
»Diese schrecklichen Knochen!«
»O Mom!« protestierten Perry und Ant.
»Kommt mir nur nicht mit o Mom! Ich habe mich für euch geschämt, als ihr sie unter Mrs. Robinsons Schild gehängt habt! Und überhaupt sind sie nicht sauber.«
»Und wenn wir sie waschen?« schlug Perry vor.
»Nein«, sagte Mrs. Robinson.
»Wir könnten ihn vielleicht Robin geben«, sagte Ant.
»Auf keinen Fall«, sagte ihre Mutter so entschieden, daß sie nicht mehr widersprachen. Sie warteten bis zum nächsten Morgen, und dann, als ihre Eltern (unter Ermahnungen bis zuletzt) endlich abgefahren waren, teilten sie Robin und Sun Dance die Neuigkeit mit.

»Was gefällt ihr eigentlich nicht an ihm?« fragte Robin.
»Sie findet, er sieht nicht gut aus«, erklärte Ant.
Alle betrachteten nachdenklich den Kotelettknochenmann, der zu diesem Anlaß hervorgeholt worden war.
»Er sieht wirklich nicht gut aus«, stimmte Robin zu, »aber das soll er auch nicht.«
»Vielleicht wäre er angezogen hübscher«, schlug Böhnchen vor.
»Dann sieht man die Knochen nicht mehr«, sagte Robin.
»Kommt drauf an, wie wir ihn anziehen.« Perry hatte plötzlich eine Idee. »Wenn er eine Rüstung hätte, würde Mom ihn nicht wegwerfen wollen! Wir könnten ihn neben die Haustür stellen, damit er die Leute überrascht!«
Nur Robin schien ihre Fähigkeit zu bezweifeln, eine Rüstung anzufertigen, und er hatte nicht mit dem Erfindungsreichtum seiner Nachbarn gerechnet. Bis zum Mittag trug der Kotelettknochenmann eine Weste aus flachgehämmerten Blechdosen, mit Schnüren zusammengehalten, die sie durch nagelgetriebene Löcher gefädelt hatten. Eine alte Keksdose gab einen prächtigen Helm ab, und weitere Blechdosen, aus denen Deckel und Böden herausgeschnitten waren, wurden zu Ärmeln, die sich an den Ellbogen beugen ließen. Alter Mop fraß netterweise zwei Dosen Hundefutter zu Mittag und sorgte damit für Panzerhandschuhe.
»Wenn ich so eine Rüstung hätte, könnte ich Dan leicht besiegen«, sagte Sun Dance.

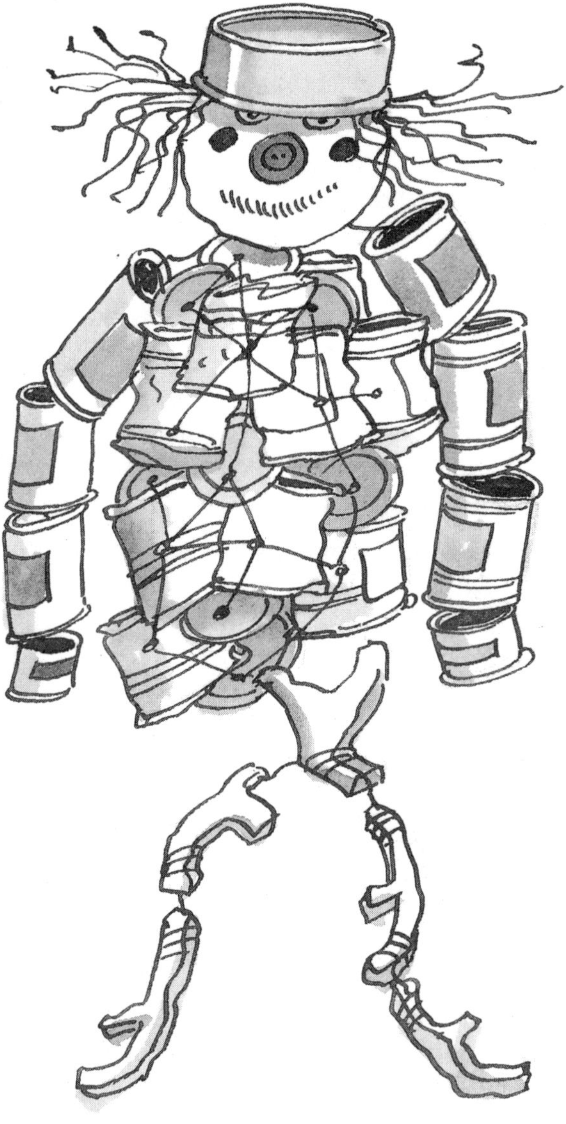

Um eins hörten sie auf und fielen über Truthahn und Schokoladenkuchen her.
»Was machen wir mit seinen Beinen?« fragte Ant. »Wir haben keine Dosen mehr.«
»Zusammengerolltes Papier?« schlug Mrs. Brogan vor. »Dann bräuchte ich keine Angst zu haben, daß ihr euch schneidet.«
»Papier würde alles verderben«, sagte Ant. »Wir schneiden uns nicht! Wir haben es den ganzen Morgen nicht getan.«
»Dann habt ihr Glück gehabt«, sagte Mrs. Brogan. »Doppelt Glück, denn wenn ich gewußt hätte, daß ihr Blechdosen zerschneidet, hätte ich euch daran gehindert.«
»Böhnchen haben wir nicht schneiden lassen, und Sun Dance wollte nicht.«
»Ich hasse den Kotelettknochenmann«, sagte Sun Dance plötzlich. »Wißt ihr, an was ich denke, wenn ich ihn anschaue?«
»Was?« fragte Robin.
»An Blut. Blut, Blut, Blut!«
»Damit ist der Fall erledigt«, sagte Mrs. Brogan. »Mir wäre es lieber, wenn ihr heute nachmittag was anderes macht. Ich will nicht, daß Sun Dance Angst bekommt!«
Sie vergnügten sich etwa eine Stunde lang mit dem Fußball, standen abwechselnd im Tor und zählten die Treffer. Dan kam am Garten vorbei und schaute recht sehnsüchtig über die Mauer.

»Komm und spiel mit«, sagte Ant. »Dann sind wir drei in jeder Mannschaft.«
Einen Moment sah es so aus, als hätte sie Dan überredet, doch dann fiel ihm ein, daß er es mit dem Feind zu tun hatte.
»Ich spiele nicht mit Mädchen«, sagte er. »Auch nicht mit Bekloppten oder Dieben!«
»Was hat er gemeint?« fragte Sun Dance wütend.
»Achtet gar nicht auf ihn«, sagte Robin nervös, und sie versuchten es, aber der Nachmittag war verdorben. Zuerst ging Böhnchen davon, dann nahm Robin Sun Dance mit hinein, damit er die zwanzig Dosen Hundefutter und Freitags neue Leine und das Halsband bewunderte. Nur die Zwillinge waren noch draußen.
»Zu schade, daß wir die Rüstung vom Kotelettknochenmann nicht fertigmachen dürfen«, sagte Ant. »Mir ist nämlich was Tolles für seine Beine eingefallen!«
»Sie hat nur gesagt, ihr wäre es *lieber*, wenn wir es nicht machen«, gab Perry zu bedenken. »Sie hat es nicht direkt verboten.«
»Dann komm mit!«
Hinten im Garten der Robinsons waren die Überreste eines alten Gewächshauses. Mr. Robinson hatte noch keine Zeit gefunden, es abzureißen. Früher war es mit einem Eisenofen geheizt worden, und das Ofenrohr ragte noch aus dem Dach. Es hatte genau die richtige Größe für die Beine einer Rüstung und war aus handlichen Stücken zusammengesetzt. Ant führte Perry zum Gewächshaus und deutete schweigend auf das Ofenrohr.

»Perfekt!« sagte Perry.

Das Rohr war dort, wo es aus dem Dach kam, mit Schrauben befestigt. Weil sie es von unten nicht losbekamen, stiegen Perry und Ant, die ihr bißchen Verstand verloren und die Warnung von Sun Dance vergessen hatten,

hinauf, um es loszurütteln. Im nächsten Moment krachten sie gemeinsam durchs Dach, lösten eine Scherbenlawine aus und landeten auf dem Ofen.

»Verflixt!« Mühsam stand Ant auf. »Guck dir deine Beine an!«

»Und deine!« sagte Perry. »Ich wette, du brauchst mehr Stiche!«

Das war mehr als wahrscheinlich. Ant sah sehr blaß aus,

klebriges Blut rann über ihre nackten Beine und sickerte in die Socken. Als sie sich aufgerappelt und das Ofenrohr geholt hatten, waren sie in einem Zustand, der selbst für die Robinsons ungewöhnlich war.

»Mrs. Brogan wird das nicht sehr lustig finden«, sagte Perry.

»Mir ist komisch«, sagte Ant. »Woher Sun Dance das wohl gewußt hat?«

»Was gewußt?«

»Blut, Blut, Blut!« sagte Ant und wurde ohnmächtig.

5

»Heute abend kommen Gäste!« sagte Mrs. Brogan vergnügt zu Robin, Böhnchen und Sun Dance, die bei ihr in der Küche waren.

»Wie viele?« fragte Robin.

»Nur zwei, aber sie sagten, sie möchten mindestens zwei Nächte bleiben, vielleicht auch länger. Sie klangen nett, zur Abwechslung mal junge Leute, und sie interessieren sich für die Küste. Sie fragten nach Fossilien und den Vögeln auf den Klippen. Wir müssen dafür sorgen, daß sie sich wohl fühlen; sie scheinen ganz anders zu sein als die übliche Sorte!«

»Wie ist die übliche Sorte?« fragte Sun Dance.

»Oh«, sagte Mrs. Brogan, »mittleren Alters, anspruchsvoll, geizig, sie mögen keine Kinder ...«

»Oder, noch schlimmer, sie mögen Kinder«, warf Robin ein, »und bringen ihre eigenen mit, die in meinem Zimmer herumstöbern und meine Sachen anfassen.«

»Sie rauchen im Zimmer, was ich hasse ...« fuhr Mrs. Brogan fort.

»Klauen die Handtücher!« sagte Robin.

»Ja, klauen die Handtücher, fahren beim Wenden rückwärts in die Rosen, verstopfen die Abflüsse mit ihren ausgefallenen Haaren, lassen Papiertaschentücher unter den Kopfkissen liegen ...«

»Sind allergisch gegen Milchprodukte und Weizen.« Robin dachte an ein Paar, das im Frühjahr dagewesen war. »Sind allergisch gegen Milchprodukte und Weizen, sitzen fast nackt am Strand und beschweren sich dann über den kalten Wind, stehlen Klopapier, zahlen mit ungedeckten Schecks, stecken beim Frühstück Extrascheiben Toast in ihre Taschen, machen Sachen kaputt und verstecken sie, pflücken meine Blumen ...«

»Warum verbietest du es ihnen denn nicht?« fragte Böhnchen.

»Das ist nicht so einfach«, sagte Mrs. Brogan. »Nun ja. Es wird nett sein, mal intelligente Leute als Gäste zu haben.«

»Wo schlafen sie?« fragte Böhnchen. »Ich kann dir helfen, das Zimmer zu machen.«

»Danke, aber das große Vorderzimmer ist schon fertig. Du könntest ein paar Blumen hineinstellen, wenn du Lust hast ... PERRY!!!«

Alle drehten sich um und starrten Perry an, der blöde grinsend an der Küchentür stand. Er hatte sich schon gedacht, daß Mrs. Brogan nicht sehr erfreut sein würde, ihn zu sehen, und er hatte sich nicht geirrt.

»Mir fehlt nichts.« Perry tat, als wüßte er nicht, daß er überall blutverschmiert war. »Aber Ant ist ohnmächtig geworden ... allerdings nur ein bißchen«, schwächte er ab.

Noch während er redete, hatte sich Mrs. Brogan schreckensbleich an ihm vorbeigedrängt. »Wo ist sie?«

»Beim Gewächshaus. Wir sind durchs Dach gefallen.

Nicht Ihr Gewächshaus«, er sah, welche Richtung sie einschlug, und lief ihr nach, »unseres. Ihres ist noch ganz!«

Aber während Mrs. Brogan auf der Suche nach Ant durch die Gärten rannte, hatte sie viel zuviel Angst, um an den Zustand ihres Gewächshauses zu denken. Sie stellte sich Ant mit gebrochenem Genick oder verblutend vor, und im Laufen wiederholte sie ständig: »Was sage ich nur deiner Mutter? Was sage ich nur deiner Mutter?«

»Der macht das nichts aus«, sagte Ant und stand mühsam vom Rasen der Robinsons auf. »Sie ist an uns gewöhnt.«

Da hörte Mrs. Brogan auf, verängstigt zu sein, und fing an, wütend zu werden. Sie war zorniger, als Robin sie je gesehen hatte. Ihre Augen funkelten vor Empörung, und sie bombardierte die Zwillinge geradezu haßerfüllt mit Fragen. Sie erfuhr, wieso die beiden durch das Gewächshaus gefallen waren, und Sun Dance wartete gespannt darauf, daß sie drakonische Strafen wie Aufhängen oder Ertränken oder Auspeitschen verkündete, doch vergeblich. Sie säuberte die Wunden, untersuchte die Prellungen und führte sie ab zum Wagen.

»Wohin fahren wir?« fragte Perry zitternd. Ihr Zorn hatte ihn völlig eingeschüchtert.

»Ihr werdet genäht und kriegt Tetanusspritzen.«

»Spritzen?« fragten beide entsetzt.

»Die hatten wir schon«, protestierte Ant. »Ganz bestimmt.«

»Ich gehe kein Risiko ein«, sagte Mrs. Brogan. »Und

höchstwahrscheinlich müßt ihr genäht werden.«
»Die Stiche machen ihnen nichts aus«, erklärte Böhnchen. »Die Spritzen sind es, die sie hassen.«
»Gut«, sagte Mrs. Brogan. »Sie verdienen viel Schlimmeres! Als ich Perry an der Tür sah, hätte ich fast einen Herzschlag bekommen! Die beiden verdienen eine ordentliche Tracht Prügel!«
Es war so erleichternd, sie wieder mit normaler Stimme von Strafen reden zu hören, daß alle lächelten.
»Ihr lacht!« sagte sie. »Aber das ist nicht zum Lachen. Ich bekomme heute abend Gäste, und der Himmel weiß, wann wir zurück sind! Robin, es tut mir schrecklich leid, aber du mußt dich um alles kümmern. Ich würde Sun Dance und Böhnchen mitnehmen, aber vielleicht sind wir die halbe Nacht im Krankenhaus. Laß sie nicht auf die Straße oder an den Strand, und gib acht, daß sie keine Dummheiten machen. Bitte! Und versuche, es diesen Leuten behaglich zu machen, wenn sie kommen.«
»Machen wir. Nur keine Sorge!«
»Ich muß jetzt los. Ich rufe an, wenn ich ein Telefon finde, aber macht euch keine Sorgen, wenn ich mich nicht melde. Vielleicht dauert es doch nicht so lange ...« Sie zögerte und überlegte, ob sie es wagen könnte, die Kinder allein zu lassen.
»Fahr«, sagte Robin, »dann bist du schneller wieder zurück. Wir kommen zurecht.«
»Es bleibt mir nichts anderes übrig«, sagte sie. »Ich muß wirklich. Diese Schnitte sehen so übel aus. Tief und schmutzig ...«

»Es tut uns schrecklich leid«, sagte Ant unglücklich.
»Blut, Blut, Blut«, sagte Sun Dance. »Genau wie ich gesagt habe!«
»Ja, genau wie du gesagt hast«, bestätigte Mrs. Brogan. »Du wirst vernünftig sein, Sun Dance, nicht wahr?«
»Das bin ich immer«, sagte Sun Dance.

Nachdem der Wagen verschwunden war, saßen sie noch eine Weile auf der Treppe und redeten.
»Deine arme Mom«, sagte Böhnchen.
»Und was ist mit dem armen Perry und der armen Ant?« fragte Sun Dance.
»Denen geschieht es recht«, sagte Böhnchen unbarmherzig, und Robin war ganz ihrer Meinung. Er wußte genau, daß die Robinson-Kinder eigens eingeladen worden waren, um ihn von seinen Sorgen abzulenken, und er fühlte sich zumindest teilweise verantwortlich.
»Was machen wir, wenn diese Übernachtungsgäste kommen?« fragte Böhnchen.
»Wir versuchen sie dazubehalten«, antwortete Robin. »Ich lasse sie nicht mehr gehen, wenn ich es irgendwie verhindern kann.«
»Ich auch nicht«, versprach Böhnchen, »und Sun Dance auch nicht, oder, Sun Dance?«
»Blut, Blut, Blut!« sagte Sun Dance befriedigt.
»Also, du brauchst dich nicht auch noch darüber zu freuen!« sagte Robin.
Plötzlich entschied Sun Dance, sich die Reste des Gewächshauses anzuschauen, und Robin ging mit ihm, da-

mit es nicht zu weiteren Unfällen kam. Böhnchen blieb allein zurück, und weil sie nichts Besseres zu tun hatte, suchte sie sich einen Spaten und grub einen Teich neben der Haustür, der Mrs. Brogan bei ihrer Rückkehr aufmuntern sollte. Sie war so in ihre Arbeit vertieft, daß sie die beiden Leute, die über den Pfad kamen, erst bemerkte, als sie vor ihr standen.

»Hallo!« Die Frau schaute auf sie hinunter.

»Hallo«, sagte Böhnchen und sah kurz hinauf.

»Läßt du uns vorbei?« fragte die Frau. »Wir wollten zu deiner Mutter. Wir hoffen, daß wir ein paar Tage hierbleiben können.«

»Oh!« rief Böhnchen. »Seid ihr die Übernachtungsgäste, die heute morgen angerufen haben? Fossilien und Vögel? Intelligenter als die übliche Sorte?«

»Ich glaube, das sind wir«, sagte der Mann.

»Mrs. Brogan hat gesagt, sie glaubt, ihr seid recht jung«, erklärte Böhnchen. »Deshalb bin ich nicht darauf gekommen, daß ihr es seid.«

»Wir sind recht jung.«

»Oh! Ich finde, ihr seht beinah so alt aus wie meine Mom.«

Offensichtlich hätten die Gäste am liebsten gefragt, wie alt Böhnchens Mom war, aber das war nicht nötig.

»Sie ist fünfunddreißig«, sagte Böhnchen. »Sie sagt, wenn sie vierzig ist, erschießt sie sich. Weshalb wolltet ihr zu ihr?«

»Wohnt sie nicht hier?«

»O nein«, sagte Böhnchen.

»Wer ist dann zuständig?«
Böhnchen erklärte, daß Robin zuständig sei und sie ihm helfe und daß sie gerade einen Teich grabe.
»Für wen?« fragte der Mann. »Für Robin?«
»Für Fische«, sagte Böhnchen nachsichtig. »Aber die Erde ist voller Steine. Wenn ihr mit reinkommt, zeige ich euch euer Zimmer. Es ist schon fertig.«
»Danke.« Sie folgten ihr ins Haus.
»Es ist sehr elegant.« Böhnchen war entschlossen, diese Gäste nicht entkommen zu lassen. »Ich habe Blumen gepflückt, aber wenn sie euch nicht gefallen, kann ich auch andere holen. Und ihr habt Tee und Kaffee und einen Wasserkessel und ein Päckchen Schokoladenkekse kostenlos.«
»Sehr schön«, sagte die Frau.
»Die Betten sind frisch bezogen.« Böhnchen bewunderte sich im großen Spiegel. »Mit sauberen Laken, sie hat nicht einfach die alten glattgestrichen! Und hier ist ein Bad mit Seife und Duschgel kostenlos, nur klaut nicht die Handtücher, okay?«
Böhnchen schaute die beiden besorgt an, und sie versicherten schnell, daß sie die Handtücher nicht klauen würden.
»Ihr solltet auch nicht das ganze heiße Wasser verbrauchen und die Abflüsse mit euren ausgefallenen Haaren verstopfen«, mahnte Böhnchen.
»Natürlich nicht«, sagte die Frau, während der Mann aus dem Fenster schaute und am ganzen Körper zitterte.
»Du hast noch nicht nach unseren Namen gefragt,

stimmt's? Wir sind Mr. und Mrs. Moore. Ann und John. Aber jetzt sollten wir wirklich mit deiner Mutter sprechen.«

»Ich bin Böhnchen«, sagte Böhnchen, »aber mit meiner Mutter könnt ihr nicht sprechen. Sie ist nicht da. Sie ist schon eine Ewigkeit weg.«

»Wie wäre es dann mit Robin? Wir haben uns gefragt, ob wir hier eine Abendmahlzeit bekommen könnten.«

»Was habt ihr euch gefragt?«

»Ob wir was zu essen kriegen könnten.«

»Aber natürlich!« Böhnchen wäre mit allem einverstanden gewesen, wenn nur die Gäste blieben. »Ich habe nicht gewußt, daß ihr Hunger habt! Ich gehe schnell zu Robin und sage es ihm.«

»Wer um alles in der Welt mag dieser Robin sein?« sagte Ann Moore, während Böhnchen hinunterlief. Sie hatte offensichtlich noch mehr Fragen, als Böhnchen mit der Nachricht zurückkam, sie könnten Abendessen kriegen, wenn sie mit Truthahn zufrieden wären. Außerdem habe Sun Dance gesagt, sie sollten auch Suppe kriegen, und Robin und Sun Dance seien beide der Meinung, daß sie dafür extra bezahlen müßten.

»Weint er?« flüsterte Böhnchen leise Mrs. Moore zu und betrachtete besorgt Mr. Moore, der den Kopf in die Hände gestützt hatte und offenbar zum Fenster hinausschluchzte.

»O nein«, sagte Mrs. Moore. »Achte gar nicht auf ihn!«

Böhnchen nickte verständnisvoll und tat, als hätte sie die

Tränen auf Mr. Moores Gesicht nicht gesehen.
»Wegen des Essens«, sagte sie. »Wir hoffen, es schmeckt euch. Robin ist ziemlich nervös, aber Sun Dance hilft ihm. Er hält ihn fest. Haben Sie genug Geld dabei?«
»Ja, keine Sorge«, sagte Mrs. Moore. »Warum fragst du?«
»Das Essen kostet noch mal zehn Pfund«, erklärte Böhnchen. »Aber Sie kriegen, soviel Sie wollen, und es ist jetzt fertig. Sie haben den Tisch gedeckt und machen die Suppe warm. Tomaten.«

Unten in der Küche schnitt Robin Brot und Butter und machte sich Sorgen.
»Mom gibt den Gästen nie Abendessen«, sagte er verärgert zu Böhnchen. »Sie findet, der Aufwand lohnt sich nicht! Wenn sie bloß bald zurückkäme. Ich denke nicht daran, sie zu bedienen, daß du's nur weißt!«
»Ich auch nicht«, sagte Sun Dance. »Ich bin ein Landstreicher, kein Kellner!«
»Dann mache ich es«, sagte Böhnchen friedfertig. »Mir macht das nichts aus. Ich war einmal in einem Restaurant, da haben mich Leute bedient, es ist kinderleicht. Man muß nur die Teller tragen.«
»Dann wasch dir lieber erst die Hände«, befahl Robin und säbelte am Truthahn herum, den Sun Dance festhielt.
»Hab ich schon«, sagte Böhnchen. »Sie sind so sauber, wie's nur geht. Ich habe einen Teich gegraben, um deine Mom zu überraschen.«

Robin stöhnte entsetzt auf.
»Ein Teich wäre nett«, sagte Sun Dance, als Böhnchen wieder zu den Gästen gegangen war. »Die Hunde könnten darin schwimmen. Alter Mop ist ein toller Schwimmer. Ich wette, er könnte es Freitag beibringen.«
Freitag kam Robin in diesem Moment ebenso unwirklich vor wie Böhnchens Teich. Alles schien sich in dieser Woche gegen ihn verschworen zu haben. Er wurde noch trübsinniger, als Sun Dance um die Küchentür ins Speisezimmer spähte und meldete, daß Böhnchen mit den Gästen am Tisch saß.
»Willst du keine Suppe?« fragte Mr. Moore Böhnchen. Er hatte sich so weit erholt, daß er essen konnte, aber Böhnchen sah, daß er um die Augen herum immer noch ziemlich rot war.
»Es war nur noch eine Dose da«, antwortete sie mit schrecklicher Aufrichtigkeit. »Ich will sowieso Platz lassen, damit ich mehr Truthahn essen kann. Robin macht ihn gerade fertig.«
»Wir haben uns gefragt«, sagte Mrs. Moore, »wer Sun Dance ist? Euer Hund?«
»Sun Dance ein Hund?« fragte Böhnchen erstaunt. »Er ist mein Bruder! Er ist älter als ich! Er hilft Robin in der Küche.«
Mrs. Moore sah erleichtert aus. Es freute sie zu hören, daß Menschenhände festhielten, was oder wen man in der Küche als Vorbereitung für ihr Abendessen festhalten mußte. Doch sie konnte nicht widerstehen, noch eine Frage zu stellen.

»Ist Robin der Koch?«

»O ja.«

»Er ist also älter als Sun Dance?«

»O ja«, sagte Böhnchen. »Viel älter. Und gescheiter. Möchtet ihr noch Suppe? Es ist noch ein bißchen im Topf, ich habe es nicht hereingebracht, damit es nicht über die Tellerränder schwappt.«

»Keine Suppe mehr, danke«, sagte Mrs. Moore. »Aber sie hat sehr gut geschmeckt«, und Mr. Moore, der immer noch aussah, als würde er jeden Moment in Tränen ausbrechen, nickte zustimmend.

»Dann könnt ihr jetzt euren Truthahn essen«, sagte Böhnchen. »Möchtet ihr ihn kalt auf einer Platte oder in Sandwiches?«

Mr. und Mrs. Moore, die trotz ihrer Befürchtungen wegen Robin gehofft hatten, der Truthahn wäre gebraten und würde heiß und mit Gemüse serviert, waren sichtlich verblüfft.

»Kalt auf einer Platte.« Mrs. Moore nahm sich zusammen und sah böse ihren weinenden Mann an. »Mit Salat, das wäre nett. Wo ist Robin?«

»Er wohnt hier«, erklärte Böhnchen. »Salat, also, da weiß ich nicht. Vielleicht sind noch Tomaten da, wenn Sun Dance sie nicht gegessen hat.«

»Mag er Tomaten?« fragte Mr. Moore.

»Ja, aber er ißt sie nicht deshalb«, sagte Böhnchen. »Er ißt sie wegen der Landstreicher. Wenn ihr Kopfsalat mögt, könnte ich einen aus dem Garten holen, aber dann müßt ihr warten, bis wir ihn gewaschen haben.«

Die Moores sagten, das Warten mache ihnen nichts aus. Durchs Fenster sahen sie, wie Böhnchen über den Rasen zum Gewächshaus lief und einen Moment später mit einem Salatkopf in jeder Hand zurückkam.

»So langsam glaube ich, sie führt diese Pension allein«, sagte Mrs. Moore. »Ich wollte wirklich, du würdest dich ein bißchen beherrschen. Sie glaubt, daß du weinst!«

»Damit hat sie recht«, sagte Mr. Moore. »Und natürlich ist sie nicht allein. Jemand hat die Suppe aufgewärmt!«

Schneller, als sie es für möglich gehalten hätten, war der Salat auf ihren Tellern, außerdem Truthahn, Tomaten und viel Brot und Butter.

»Robin sagt«, Böhnchen aß mit Appetit, »wenn ihr Salatsoße wollt, dann sollt ihr jetzt zahlen, dann kann Sun

Dance welche holen. Wir haben keine mehr.«
Mr. Moore bekam plötzlich einen Erstickungsanfall, und nachdem Mrs. Moore ihm mehrfach auf den Rücken geklopft hatte, sagte sie, danke, Salatsoße sei nicht nötig.
»Erzähl uns was von dir«, schlug sie vor. »Wie war noch dein Name, und mit wem habe ich am Telefon gesprochen? Essen Robin und Sun Dance jetzt auch? Wer hat diesen köstlichen Truthahn gebraten?«
»Meine Mom, bevor sie weggefahren ist.« Böhnchen beantwortete die leichteste Frage zuerst. »Sun Dance sagt, er möchte nur Schokoladenkuchen zum Abendessen, und Robin hat keinen Hunger, weil er sich soviel Sorgen macht.«
»Hoffentlich nicht um uns?«
»O nein«, versicherte Böhnchen. »Um seinen Hund. Er sorgt sich schon die ganze Woche um ihn. Sie sagen, als nächstes könnt ihr Schokoladenkuchen haben, wenn ihr wollt, oder Sun Dance kann seinen Spezialnachtisch für euch machen.«
Ohne zu zögern, wählten die Moores den Spezialnachtisch. Was Böhnchen dann brachte, sah aus wie Brotscheiben und Marmelade, mit Milch übergossen und mit Eis garniert. Mrs. Moore wich dem Blick ihres Mannes aus, als sie fragte, wie er gemacht würde.
»Es sind Brotscheiben und Marmelade, mit Milch übergossen, und Eis«, sagte Böhnchen. »Lecker, nicht wahr? Im Winter machen wir das mit heißer Milch und ohne Eis.«
Ihre Gäste bestätigten, daß er köstlich sei, und löffelten

genüßlich aufgeweichtes Brot und Marmelade.
»Robin hat gesagt, das würdet ihr nie essen«, sagte Böhnchen. »Robin ist in den Garten gegangen, weil er sich schämt. Er sagt, wir sollten kein Geld von euch verlangen, weil der Truthahn vom Mittagessen übrig war und sowieso geschenkt, und der Salat war aus dem Garten und die Suppe aus einer uralten Dose hinten im Schrank. Aber Sun Dance sagt, wir sollten doch Geld verlangen. Außer wenn ihr Landstreicher seid.«
»Wir sind keine Landstreicher«, sagte Mrs. Moore.
»Gut.« Böhnchen schaute voller Hoffnung Mr. Moore an, doch er machte keine Anstalten, seinen Geldbeutel zu ziehen.
»Meint ihr nicht, ihr solltet lieber gleich zahlen, bevor ihr hinuntergeht«, schlug Böhnchen freundlich vor, »damit ihr es nicht vergeßt?«

Im Krankenhaus war viel Betrieb gewesen, und Mrs. Brogan hatte lange warten müssen, bis Perry und Ant an die Reihe kamen. Beide bekamen Tetanusspritzen, und Ant hatte drei blaue Fadenstiche in ihrem Bein, die sie ungeheuer aufmunterten. Es war nach acht, als sie zurückkehrten, und sie kamen gerade rechtzeitig, um zu sehen, wie Böhnchen ihre Zehn-Pfund-Note von Mrs. Moore entgegennahm.
»Seid ihr sicher, daß ihr es euch leisten könnt?« fragte Böhnchen ängstlich und betrachtete besorgt den leise weinenden Mr. Moore.
»Ganz sicher«, sagte Mrs. Moore. »Und mach dir um ihn

keine Sorgen.« Stirnrunzelnd sah sie ihren Mann an. »Es geht dir doch gut, oder, John?«

Mr. Moore nickte, gab aber keine Antwort. Tränen strömten ihm über die Backen, und immer wieder beugte er sich vor und schlug sich auf die Knie. In diesem Zustand war er, seit Sun Dance aus der Küche gekommen war und angefangen hatte, mit Mrs. Moore Kochrezepte auszutauschen.

»Schau mal, wen wir hier haben!« sagte Böhnchen, als Mrs. Brogan hereinkam. »Übernachtungsgäste! Wir haben ihnen zu essen gegeben und alles! Und ihnen Bescheid gesagt wegen der Handtücher und Abflüsse, und sie haben schon ihr Abendessen bezahlt! Sie hätten auch für ihr Bett gezahlt, aber ich dachte, es wäre fairer, wenn ich mir das Geld erst hole, wenn sie aufgewacht sind. Oder du«, setzte sie hinzu, weil ihr plötzlich einfiel, daß sie nicht mehr zuständig war.

»BÖHNCHEN!« rief Mrs. Brogan, und dann wußte Böhnchen eine Zeitlang nicht, ob sie sich sehr, sehr gut oder sehr, sehr schlecht benommen hatte. Sun Dance hätte keine Zweifel gehabt, daß sie Helden waren, wenn Robin nicht gewesen wäre. Den hatte beim Anblick des Spezialnachtischs aller Mut verlassen, und er schien zu glauben, daß sie den guten Namen der Brogans für immer entehrt hatten. Böhnchen war völlig durcheinander, bis Mr. und Mrs. Moore ihr zu Hilfe kamen.

Nie, versicherten sie Mrs. Brogan, hatten sie eine so unterhaltsame Gastgeberin gehabt wie Böhnchen oder einen Nachtisch so genossen wie den von Sun Dance oder von einem so ehrlichen Koch gehört wie Robin. Wo war der ehrliche Koch, fragten sie, und wie alt war er eigentlich?

Mrs. Brogan war immer noch sehr wütend, fing aber schon an sich zu beruhigen und sagte, er sei fast elf, alt genug, um mehr Verstand zu haben, und wo er sei, wisse sie nicht. Es folgte eine kurze Suche, bei der sich herausstellte, daß der ehrliche Koch klugerweise zu Bett gegangen war.

»Und dahin geht ihr alle jetzt«, sagte Mrs. Brogan. »Aus den Augen und aus dem Sinn!«

Böhnchen wurde sofort hinaufgejagt, und Perry und Ant, die immer noch zu mitgenommen waren, um zu widersprechen, folgten bald.

»Was ist mit Mord im Dunkeln und unserem Festessen um Mitternacht?« fragte Sun Dance.

Mrs. Brogan antwortete, den einzigen Mord im Dunkeln würde heute sie begehen, falls sie Esser um Mitternacht entdecken sollte. Aber wie gewöhnlich ließ sie den heftigen Worten milde Taten folgen. Sie ging in die Küche und richtete Sandwiches und Milch für die Verwundeten und Geschundenen, während Sun Dance noch blieb und sich mit Mr. Moore unterhielt.

»Hast du geweint?« fragte Sun Dance.

»Lachst du nie so sehr, daß du weinst?« fragte Mr. Moore.

»Ob ich so sehr lache, daß ich weine?« wiederholte Sun Dance.

»Ja.«

»Nein«, sagte Sun Dance. »Das macht niemand.«
»Ich schon«, sagte Mr. Moore.
»Ich weine«, sagte Sun Dance, »und ich lache. Aber nicht zugleich. Ich lache allerdings nicht viel. Weinst du manchmal so sehr, daß du lachst?«
»Nein«, sagte Mr. Moore. »Du?«
»Nein.« Es entstand eine lange Pause.
»Ich hätte Robin gern kennengelernt«, sagte Mr. Moore.
»So ist es besser«, sagte Sun Dance. »Er kann es nicht leiden, wenn Leute weinen. Er mag keine Aufregung. Er hat die Nase voll.«
»Warum?«
»Wegen seinem Hund.«
»Ach ja.« Jetzt fiel es Mr. Moore wieder ein. »Böhnchen hat einen Hund erwähnt.«
»Sie haben ihn mitgenommen, und wir können ihn nicht wiederkriegen«, erklärte Sun Dance. »Er heißt Freitag.«
»Das ist ein guter Name.«
»Die Abkürzung für Hund Freitag. Diese uralten Gesetze helfen überhaupt nicht. Jetzt macht sich Robin die ganze Zeit Sorgen um ihn, so wie ich mir um meine Landstreicher Sorgen mache.«
»So ist das also«, sagte Mr. Moore. »Robins Hund ist weg. Das habe ich auch erlebt, als ich ein Junge war.«
»Hast du deinen Hund zurückgekriegt?«
»Nein«, sagte Mr. Moore. »Was wolltest du mir über diese Landstreicher erzählen?«

»Was glaubst du, woher sie ihr Essen kriegen?« fragte Sun Dance. »Manchmal komme ich nicht damit klar, was bei allem zu tun ist.«
»Bei was allem?«
»Robins Hund und Dans Nase und die uralten Gesetze, wenn niemand sie beachtet, und was man wegen Landstreichern machen soll, die kein Essen haben.« Während Sun Dance redete, wurde er immer aufgeregter, lief zwischen Tür und Fenster hin und her und drehte das Vorderteil seines T-Shirts zu einem feuchten, schmutzigen Knoten.
»Niemand weiß alle Antworten«, sagte Mr. Moore leise, damit Sun Dance stehenbleiben und zuhören mußte. »Es gibt immer mehr Fragen als Antworten, und die Fragen sind genauso wichtig. Selbst wenn du nicht weißt, was du machen sollst, ist es dennoch gut, die Fragen zu stellen.«
Sun Dance fand diese Antwort nicht sehr hilfreich, aber er merkte, daß Mr. Moore ihn trösten wollte, und er war dankbar.
»Ich mache dir morgen wieder einen Nachtisch, wenn du willst«, sagte er, ging beinahe glücklich zu Bett und dachte über Nachtisch-Variationen nach. Vielleicht konnte er Honig statt Marmelade nehmen und Orangensaft statt Milch, und während er noch überlegte, womit er das Eis ersetzen könnte, schlief er ein.

Mr. Moore erwähnte, daß er mit Sun Dance geredet hatte, als er Mrs. Brogan gute Nacht sagte.

»Armer alter Sun Dance«, sagte sie. »Dieses Kind vergißt nichts.«
Mrs. Moore sah verwundert aus, doch ihr Mann verstand das sofort. Er hatte einmal jemanden gekannt, der Sun Dance ein wenig glich, jemanden, dessen Gedanken und Erfahrungen und Gefühle nicht kamen und gingen wie bei den meisten Menschen, sondern in ihm blieben, sich stapelten und zu einem schrecklichen Durcheinander wurden. Sun Dance versuchte einen Sinn in seinem Stapel verwirrter Gedanken zu finden. Er kletterte hinauf und erzählte der Welt von uralten Gesetzen und Einbrechern und Landstreichern und Tomaten, und natürlich verstand ihn niemand. Es machte keinen Sinn, am wenigsten für Sun Dance.
»Armer alter Sun Dance«, sagte auch Mr. Moore.

Als Robin am Donnerstag morgen aufwachte, war es sieben Uhr. Das bedeutete, wenn in fünfunddreißig Stunden nichts schiefging, hätte Freitag seine siebentägige Haft verbüßt und könnte zu Robin zurückkommen. Einhundertdreiunddreißig Stunden waren vergangen, rechnete Robin, fünfunddreißig lagen noch vor ihm. Im Kopfrechnen wurde er immer besser. Er testete, ob er sich noch an die Telefonnummer von der Karte erinnerte, und stellte schuldbewußt fest, daß er sie wußte.
Aus dem Familienzimmer auf der anderen Seite des Ganges kam jubelnder Lärm und lenkte ihn ab. So hörte es sich an, wenn die Robinson-Kinder aufstanden. Robin hatte es die ganze Nacht hindurch immer wieder gehört.

Das Familienzimmer enthielt nämlich zwei Einzelbetten und ein Etagenbett, und jeder wollte im oberen Bett schlafen. Es hatte keinen Streit darüber gegeben, weil Ant in weiser Voraussicht den Wecker ihrer Eltern mitgebracht hatte. Sie stellten ihn so ein, daß er alle zwei Stunden klingelte. Dann standen alle vier auf und tauschten die Betten. Zum Glück schliefen die Moores auf der anderen Seite des Hauses, doch Mrs. Brogan hörte den Wechsel um eins und stand auf, um nachzusehen.

»Was ist los?« hatte Robin gefragt, als sie auf dem Rückweg ins Bett bei ihm hereinschaute.

»Das ist das Geräusch funktionierender Demokratie«, sagte sie. »Schlaf weiter!«

Kurz nach sieben brach die Demokratie zusammen. Sun Dance weigerte sich, das obere Bett aufzugeben. Er erklärte, jetzt sei Tag, und nächtliche Abmachungen hätten keine Gültigkeit mehr. Als Robin hereinkam, um guten Morgen zu sagen, verteidigte sich Sun Dance tapfer, während Böhnchen den Inhalt ihres Koffers nach ihm warf und Perry und Ant von unten gegen seine Matratze traten, um ihn zu Fall zu bringen.

»Hilfe, Robin!« rief Sun Dance, und Robin sprang zu ihm hinauf. Gleich darauf krümmte er sich vor Schmerz und umklammerte sein Knie.

»Was um alles in der Welt hast du denn in deinem Schlafsack?« fragte er und war nicht sehr überrascht, als Sun Dance den Reißverschluß öffnete und ihm den Kotelettknochenmann zeigte, der oben seine Rüstung trug und unten Böhnchens alte Jeans.

»Hast du bei dem Kotelettknochenmann geschlafen?« fragte er.
»Zum Teil«, sagte Sun Dance unbestimmt.
Robin beugte sich über die Bettkante und schaute zu den Zwillingen hinunter. »Geht es euch heute morgen besser?«
»Natürlich«, sagte Perry. »Es ist uns schon gestern abend bessergegangen, wir wollten es nur nicht sagen.«
»Meine Stiche ziehen ein bißchen, aber das ist alles«, sagte Ant.
»Zuerst ziehen sie immer«, sagte Perry.
»Ich weiß.« Ant beugte sich vor und versuchte sie abzulecken. Robin fand, daß sie bemerkenswert gut gelaunt waren, wenn man bedachte, wie tief sie gestern in Ungnade gefallen waren. Beide zeigten nicht die geringsten Anzeichen von Reue. Selbst als Robin andeutete, daß seine Mutter nicht gerade erfreut über ihr Verhalten gewesen war, grinsten sie einander nur an.
»Keine Sorge«, sagte Perry. »Wir machen alles wieder gut!«
»Wie?« fragte Robin beunruhigt, doch sie verrieten nichts.
»Das wirst du schon sehen.« Perry griff wieder das obere Bett an. Gleich darauf steckte Mrs. Brogan den Kopf herein.
»Es klingt, als würde die Küchendecke herunterkommen«, sagte sie. »Entweder ihr steht auf, oder ihr geht wieder ins Bett, aber seid auf jeden Fall leise!«
»In Ordnung.« Sun Dance schlüpfte zum Kotelettkno-

chenmann. »Ich und Robin haben sowieso gewonnen!«

»Du und Robin und der Kotelettknochenmann!« sagte Perry. »Ihr seid vielleicht ein Team!«

»Wir sind ein Team«, sagte Sun Dance, als Robin hinübergegangen war, um sich anzuziehen. »Ich helfe Robin, und er hilft mir. Schade, daß er Robin heißt und nicht Butch Cassidy.«

»Robin sieht das wahrscheinlich anders«, sagte Ant, »und ich habe nicht bemerkt, daß du ihm viel hilfst. Gewöhnlich läuft es umgekehrt!«

»Gar nicht!« sagte Sun Dance wütend. »Ich bin zur Polizeiwache gegangen und habe versucht, Freitag zu holen! Ich habe ihm geholfen, diese Pensionsgäste gestern abend zu versorgen! Und der tolle Nachtisch, den ich gemacht habe!«

»Und wenn schon«, sagte Ant liebenswürdig. »Hat er ihnen wirklich geschmeckt?«

»Und wie!« sagte Sun Dance stolz. »Frag sie doch!«

Wie sich herausstellte, hatte niemand eine Möglichkeit, die Moores an diesem Morgen irgendwas zu fragen. Mrs. Brogan fand, sie könne es sich nicht leisten, weitere Pensionsgäste zu verlieren, und richtete es so ein, daß ihre beiden Gästegruppen sich nicht begegneten. Erst am späten Nachmittag, als das Telefon läutete, traf Mr. Moore zum ersten Mal seinen ehrlichen Koch – oder umgekehrt. Mr. Moore war gerade durch die Haustür gekommen, als Robin, der alle zehn Stufen des letzten Treppenabsatzes auf einmal nahm, ihm direkt gegen die Brust prallte.

»Es tut mir schrecklich leid«, sagte Robin. »Ich dachte, es ist die Polizei wegen Freitag.«
»Nichts passiert«, sagte Mr. Moore munter und horchte fast so besorgt wie Robin, was Mrs. Brogan am Telefon sagte.
Es war aber nicht die Polizei, es war lediglich Mrs. Robinson, die sich zum dritten Mal während ihres kurzen Ausflugs vergewisserte, daß ihre Kinder noch am Leben waren.
»Habe ich Ihnen weh getan?« fragte Robin, als seine Mutter wieder in die Küche gegangen war.
»Überhaupt nicht«, sagte Mr. Moore. »Und ich kann verstehen, daß du dir Sorgen machst. Sun Dance hat uns gestern abend erzählt, daß dein Hund weg ist. Mir ist das gleiche passiert, als ich ein Junge war!«
»Das hat uns Sun Dance erzählt, und er sagte, Sie hätten ihn nie zurückbekommen.«
»Nein«, sagte Mr. Moore. »Aber das war vor langer Zeit, vor sehr langer Zeit, würde Böhnchen sagen! Und es war noch nicht mal mein Hund, er gehörte meinen Großeltern. Ich lebte bei ihnen, weißt du. Aber es hat mir immer sehr leid getan. Ich habe ihn nicht richtig gesucht.«
»Wie meinen Sie das?« Robin wurde es ganz elend und kalt ums Herz.
»Oh, ich bin jeden Tag meilenweit mit dem Rad gefahren, habe ihn gesucht und gerufen. Leute gefragt. Und total vergessen, das Selbstverständliche zu tun, nämlich zur Polizei zu gehen, und niemand hat mich daran erinnert. Meine Großeltern waren sehr alt, und es gab eigent-

lich keinen …« Er sah Robins unglückliches Gesicht und unterbrach sich.

»Aber warum erzähle ich dir das alles! Du machst das sowieso richtig! Ich wollte dir nur sagen, daß ich weiß, wie dir zumute ist, verstehst du.«

»Vielleicht haben nette Leute Ihren Hund gefunden, und er bekam ein gutes Zuhause.«

»Ja«, sagte Mr. Moore. »Vielleicht. Jedenfalls muß er vor Jahren gestorben sein. Komisch, aber ich habe nie aufgehört, ihn zu suchen!«

Robin wußte kaum, was er antwortete oder wie er von Mr. Moore wegkam, doch sobald er konnte, war er am Telefon und wählte die Nummer von der Karte. Er betete, daß sich niemand meldete, und tatsächlich hob niemand ab.

6

Am späten Donnerstag nachmittag kamen Mr. und Mrs. Robinson zurück; in ihrem Auto stapelten sich die Einkäufe und Geschenke.

»Es war mehr als zehn Jahre her, daß wir einen Tag ohne die Kinder verbracht haben«, sagte Mrs. Robinson, und ihr Mann, schwankend unter seiner Last von Schachteln und Tragtüten, sagte, es würde mehr als zehn Jahre dauern, bis sie sich das wieder leisten könnten. Sie hatten allen etwas mitgebracht, auch Alter Mop und Freitag.

»Die behältst du besser noch zurück«, sagte Mr. Robinson, als er Freitags neue Decke sah, und Mrs. Robinson legte sie unauffällig zur Seite.

»Das ist ja wie Weihnachten.« Robin packte einen neuen, prallen Fußball aus als Ersatz für den, der weggeschwemmt und von Dan gefunden worden war.

»Reisende sollten den Daheimgebliebenen immer Geschenke mitbringen«, sagte Mr. Robinson.

Böhnchen wies darauf hin, daß sie nur eine Nacht weggewesen seien, doch ihre Mutter sagte, ihr komme es wie sechs Wochen vor, und Mrs. Brogan stimmte ihr insgeheim zu. Bis jetzt war das Abenteuer der Zwillinge auf dem Gewächshausdach noch nicht zur Sprache gekommen. Auf die Frage, ob ihre Gäste brav gewesen seien,

hatte Mrs. Brogan lediglich gelächelt und gesagt, nicht schlimmer als gewöhnlich.
»Was habt ihr dem Kotelettknochenmann mitgebracht?« fragte Sun Dance, nachdem alles ausgepackt und angeschaut worden war.
»ICH HABE EUCH DOCH GESAGT, IHR SOLLT DAS DING LOSWERDEN!« rief seine Mutter.
»Du hast gesagt, du willst ihn nicht mehr sehen, deshalb haben wir ihm eine Rüstung gemacht, die ihn bedeckt!«
»Halt den Mund, Sun Dance!« murmelte Ant.
Mrs. Robinson sah Ant mißtrauisch an. »Was habt ihr ihm gemacht?« fragte sie Sun Dance.
»Eine Rüstung! Aber wir sind damit nicht fertig geworden, weil Ant und Perry durchs Gewächshausdach gefallen sind, als sie Hosen für ihn holen wollten. Du solltest ihre Beine sehen! Sie haben ins Krankenhaus müssen!«
»Danke, Sun Dance!« sagte Mrs. Brogan ärgerlich. »Ich hatte gehofft, ihnen diese Neuigkeit etwas schonender beizubringen!«
Danach war es aus mit dem Frieden. Die Zwillinge wurden gezwungen, die Jeans auszuziehen und ihre Wunden zu zeigen, und Mrs. Robinson untersuchte sie wütend und mitleidslos.
»Als ob Mrs. Brogan nicht genug um die Ohren gehabt hätte ohne all den Wirbel und Ärger, den ihr gemacht haben müßt!« rief sie.
»Oh, so schlimm war es nicht«, sagte Mrs. Brogan. »Böhnchen hat die Festung heldenhaft gehalten. Und im

Krankenhaus haben sie sich sehr gut benommen. Sie bekamen noch mal Tetanusspritzen, für alle Fälle.«

»Sie hätten Schlimmeres als das bekommen, wenn ich dagewesen wäre«, sagte Mr. Robinson. »So was Dummes, Gedankenloses, Idiotisches! Und wenn eure Mutter euch gesagt hat, ihr sollt dieses Knochending loswerden, dann wird es jetzt höchste Zeit!«

»Ihr habt seine neue Rüstung noch nicht mal gesehen«, protestierte Perry, doch ohne Erfolg. Er und Ant wurden aus dem Haus und hinten in den Garten geführt, wo sie unter Mr. Robinsons persönlicher Aufsicht das Grab für den Kotelettknochenmann gruben. Ant blieb die schwerste Spatenarbeit wegen ihrer Stiche erspart, aber sie mußte beim Einfüllen helfen.

»Gut«, sagte Mr. Robinson, als der Kotelettknochenmann bestattet und sein Grab flachgetreten war. »Ab ins Bad! Dann ins Bett! Warum um alles in der Welt schnieft ihr so herum?«

»Der arme Kotelettknochenmann«, sagte Ant. »Bestimmt zerbricht er sich jetzt den Kopf darüber, was er angestellt hat!«

Aber falls Mr. Robinson überhaupt etwas an den Gefühlen des Kotelettknochenmanns lag, verbarg er das sehr gut. Er lachte über Ants Tränen und Perrys Schniefen und zwang die Trauernden hartherzig, den Spaten zu säubern. Dann verlangte er ihnen das Versprechen ab, daß sie den Leichnam am Morgen nicht wieder ausgraben würden, und schickte sie ins Bett. Keiner von ihnen dachte daran, daß am Donnerstag abend die Lokalzei-

tung ausgetragen wurde. Erschöpft von Aufregung und Begräbnis schliefen sie ein.

Sun Dance war es, der die Zeitung fand. Sie wurde gebracht, als seine Mutter oben war und sein Vater nebenan Böhnchens Teich füllte. Niemand bemerkte, daß er sie mit hinaufnahm, um sie im Bett zu lesen. Selbst wenn es jemand gesehen hätte, wäre es ihm nicht aufgefallen. Es war immer Sun Dance, der sich die Zeitung schnappte und sie nach Berichten über Einbrüche in der Gegend und anderen schlechten, aber faszinierenden Nachrichten durchsuchte.

An diesem Abend überflog Sun Dance wie gewöhnlich die Seiten. Sie enthielten diese Woche wenig interessante

Neuigkeiten, nichts über Einbrüche, Landstreicher, Hunde oder uralte Gesetze. Es gab ein Nachtischrezept, das er mit Verachtung las, und eine Seite mit sehr langweiligen Leserbriefen. Sun Dance nahm sich die letzte Seite vor und fand nichts über Fußball. Verzweifelt fing er an, die Anzeigen zu lesen, und lange bevor er zu der von Porridge Hall kam, entdeckte er etwas, das ihn aufwühlte. Es ängstigte ihn schrecklich. Er versteckte die Zeitung unter der Matratze, aber er hatte immer noch Angst. Später, mitten in der Nacht, weckte er die ganze Familie mit seinem Geschrei und seinem zornigen, erschrockenen Wüten. Am Morgen konnte er sich an nichts mehr erinnern.

Am Freitag morgen reisten Mr. und Mrs. Moore ab. Sie versprachen, Ende des Sommers zurückzukommen, und sagten, sie würden Mrs. Brogans Gastfreundschaft überall weiterempfehlen.

»Ganz zu schweigen vom Partyservice nebenan«, sagte Mr. Moore. »An den Nachtisch von Sun Dance werde ich noch lange denken! Oder an den Truthahn, der festgehalten werden mußte! Und liebe Grüße an den ehrlichen Koch!«

Robin grinste schüchtern.

»Sie haben mir den Glauben an Pensionsgäste wiedergegeben!« sagte Mrs. Brogan, nachdem sie abgefahren waren. Gleich darauf wurde ihr Glaube weiter gestärkt durch ein großes Paket, das der Postbote brachte. Es enthielt acht frisch gewaschene Handtücher, eine Schachtel

Pralinen und einen Entschuldigungsbrief.
Wir konnten es nicht glauben, stand darin, *daß wir aus Versehen acht Handtücher eingepackt haben! Der Himmel weiß, was Sie von uns gedacht haben!*
»Du hast gedacht, man sollte sie erwürgen!« erinnerte Robin sie. »Du hast gesagt, du würdest es am liebsten selbst tun!«
»Bestimmt nicht!« sagte Mrs. Brogan.
»Mit Vergnügen! Das hast du gesagt!«
»Oh, sei still!« sagte seine Mutter. Sie freute sich so über das Paket, daß sie hinüberging, um Mrs. Robinson davon zu erzählen. Während sie weg war, zwang sich Robin, die Telefonnummer von der Karte anzurufen. Wieder antwortete niemand.
Robin ließ es zehnmal klingeln, dann legte er auf. Zweimal hatte er jetzt versucht, die Leute anzurufen, und er fand, das war mehr, als sie verdienten.
An diesem Morgen schien das Haus der Brogans voller Glück zu sein. Robin war beinahe fröhlich, als er den Zwillingen half, einen Grabstein für den Kotelettknochenmann zu entwerfen. Endlich hatte er ein Gefühl der Sicherheit. Perry und Ant, die um den Begrabenen trauerten, fanden seine Heiterkeit ziemlich unangebracht.
»Man sollte nicht meinen, daß du an einem Grabstein für einen Freund arbeitest!« beschwerte sich Ant.
»Entschuldigung«, sagte Robin.
Mrs. Brogan war auch glücklich. Sie hatte für Robin eine Überraschung am Abend vorbereitet. Nach dem Mittagessen kamen die Zwillinge und schlugen vor, in die Stadt

zu gehen und Grabsteinfarbe zu kaufen. (»Der Name Kotelettknochenmann ist zu lang zum Meißeln«, erklärte Perry. »Wir müssen ihn malen, und dann wollen wir auch noch ein Gedicht dazuschreiben!«) Mrs. Brogan war einverstanden, daß bei dieser Gelegenheit auch ein Vorrat an Hundekuchen gekauft werden sollte, und machte nicht wie üblich deprimierende Bemerkungen wie: Abwarten und Tee trinken.

»Was ist mit Sun Dance?« fragte Robin, bevor sie aufbrachen.

»Mom hat gesagt, wir sollen ihn hierlassen«, sagte Ant. »Er liest, und sie will, daß er heute einen ruhigen Tag hat.«

Bei all seinen vielen Fehlern war Dan ein eifriger und begeisterter Strandgutsucher. Mrs. Brogan sagte, das beweise, daß er nicht ganz so schlimm sei. Wenn die Pension es erlaubte, suchte sie selbst Strandgut, und sie behauptete, wer das mache, arbeite schwer und sei optimistisch und hochintelligent.

Es war erstaunlich, was man finden konnte. Eimer und Spaten in großen Mengen. Holz aller Art für Treibholzfeuer, die mit blauen Flammen brannten und eine dünne, duftende Asche im ganzen Haus hinterließen. Halbvolle Öldosen wurden angeschwemmt und Farbeimer, die auf Schiffen über Bord gegangen waren (deshalb hatten so viele Häuser in der Stadt einen schlachtschiffgrauen Anstrich). Seile, Zwiebeln, Kaminbesen, T-Shirts und tausend andere Dinge tauchten von Zeit zu Zeit auf, aber das

Beste war nach Dans Meinung, daß man Geld finden konnte. Den Leuten fielen immer Münzen aus den Taschen, wenn sie sich vor oder nach dem Schwimmen umzogen oder sich zum Essen setzten oder herumrannten. Das Geld verschwand sofort im Sand und blieb dort unter einer flachen Sandschicht verborgen, bis eines Tages der Wind den Sand wegblies und die Münzen freilegte. Taschenmesser und Schlüsselringe kamen manchmal auf die gleiche Weise zum Vorschein, doch Dan war das Geld am liebsten, und Tag für Tag, je nach Wind und Flut, suchte er danach.

Der einzige Weg hinunter zum Strand führte durch die weite Öffnung in den Klippen gegenüber den Häusern der Robinsons und Brogans. Und Dan versäumte nie, im

Vorbeigehen über die Gartenmauer zu schauen und zu sehen, was dort vorging. Seit er Robin in flagranti beim Ladendiebstahl ertappt hatte, ließ sich Robin viel, viel leichter ärgern, und wenn die Zwillinge nicht in der Nähe waren, gab Sun Dance ein noch viel besseres Opfer ab. Es war sehr, sehr leicht, Sun Dance zu piesacken. Er rastete bei jeder nur möglichen Gelegenheit aus.

Sun Dance saß im Gras vor dem Haus und las. Er war sehr einsam. Mrs. Robinson hatte alle ermahnt, ihn nicht aufzuregen, also hatten sie ihn allein gelassen. Niemand, noch nicht mal Sun Dance, wußte genau, was den letzten panischen Schreianfall ausgelöst hatte, aber niemand wollte, daß er sich wiederholte. Den halben Morgen hatte er im Bett bleiben müssen, während alle anderen sich damit amüsierten, einen Grabstein zu bauen, und jetzt waren sie ohne ihn in die Stadt gegangen. Sun Dance freute sich, als Dan über die Gartenmauer schaute.

»Hallo!« sagte er.

»Na, na!« tadelte Dan. »Denk an deine Mami! Mit dem großen bösen Dan darfst du nicht reden! Das hat sie dir gesagt!«

»Sie sagt mir immer solche Sachen. Sie sagt, ich soll ruhig lesen, aber ich brauche jemand zum Üben.«

»Was üben?«

Sun Dance zeigte ihm sein Buch. Es hieß *Anleitung zur Selbstverteidigung*. Er hatte es von Perry geliehen, der es aus einem Ramschladen hatte, wo er sein neues Sweatshirt gegen eine Radlampe und zwei tote Rennmäuse eingetauscht hatte.

»Allein komme ich damit nicht klar«, sagte Sun Dance. »Man braucht jemand zum Üben.«

»Üb doch mit den schmalzigen Zwillingen«, schlug Dan vor. »Oder mit diesem nutzlosen Brogan-Jungen!«

»Perry und Ant sind in der Stadt und kaufen Grabsteinfarbe.«

»Grabsteinfarbe!« wiederholte Dan ungläubig.

»Für das Grab vom Kotelettknochenmann.«

»Kotelettknochenmann!« sagte Dan.

»Sag mir doch nicht dauernd alles nach! Und Robin ist mitgegangen, er kauft Sachen für seinen Hund.«

»Was?«

»Sachen für seinen Hund.«

»Welchen Hund?« fragte Dan sehr verblüfft.

»Robins Hund«, wiederholte Sun Dance. »Bist du taub? Er kriegt ihn morgen!«

»Was, der alte Angsthase kriegt einen Hund! Das glaub ich nicht!«

»Es stimmt aber!«

»Sie verkohlen dich«, sagte Dan. »Eher glaube ich noch an Grabsteinfarbe als daran, daß Robin Brogan einen Hund bekommt!«

»Morgen wirst du schon sehen, wenn Freitag da ist«, sagte Sun Dance.

»Robin Brogan hat Angst vor Hunden«, behauptete Dan fest. »Er nimmt dich auf den Arm! Er weiß, wie dämlich du bist! Ich wette, diesen Hund gibt es gar nicht!«

»Da täuschst du dich aber!« sagte Sun Dance wütend.

»Als ob man dir glauben könnte!« höhnte Dan.

»Es ist ehrlich wahr!«
»Na klar!«
»Ja! Ich habe ihn gesehen! Wir haben ihn am Strand gefunden! Warte! Mir ist was eingefallen!«
»Was eingefallen?«
»Es steht sogar in der Zeitung! Bei den Suchanzeigen! Ich habe es gestern abend gelesen!« Und Sun Dance rannte ins Haus, holte die Zeitung unter der Matratze hervor, lief zurück und hielt sie Dan triumphierend unter die Nase.
»Ich wußte, daß ich etwas vergessen hatte!« Sun Dance tanzte auf und ab, während Dan las:

ENTLAUFEN:
Schwarzer spanielähnlicher Hund
Hört auf den Namen Wächter
Kontaktadresse: BROWN, Abteiweg 2, Eastcliffe.
Telefon: Eastcliffe 6814
BELOHNUNG!

»Siehst du! Das ist der Beweis!« rief Sun Dance.
»Belohnung!« las Dan vor.
Sun Dance hörte auf zu tanzen, er fror plötzlich und fühlte sich elend. Natürlich! Jetzt fiel ihm wieder ein, warum er in der Nacht geschrien hatte! Jemand suchte Freitag.
»Belohnung?« fragte Dan. »Belohnung?« Und er sprang

über die Gartenmauer, um sich die Anzeige genauer anzuschauen.
Mit einem Mal wußte Sun Dance, was er gemacht hatte. Jetzt war er schuld, wenn Robin seinen Hund am allerletzten Tag doch noch verlor.
»Ich wette, das ist der tote Hund, den ich am Strand gefunden habe!« sagte Dan.
»Der ist es nicht!« Stotternd und verzweifelt fing Sun Dance an zu lügen. »Er war nicht tot! Es ist ein anderer Hund!«
»Woher weißt du das?«
»Überhaupt hat die Polizei diesen Hund«, sagte Sun Dance.
»Laß mich noch mal lesen«, befahl Dan.
»Nein!« Sun Dance umklammerte die Zeitung. »Es ist der falsche Hund!«
»Da stand ›Belohnung‹.«
»Aber nicht für Robins Hund. Robin hat nie eine Belohnung bekommen. Überhaupt ist es jetzt zu spät! Heute ist der siebte Tag! Uralte Gesetze gelten wieder!«
Dan faßte nach der Zeitung. »Wenn Robin Brogan diesen Hund, den ich gefunden habe, zur Polizei gebracht hat und die Belohnung nicht verlangt hat, dann verlange ich sie. Ich habe ihn sowieso zuerst gefunden! Gib die Zeitung her!«
Jetzt drehte Sun Dance völlig durch. Er schlug Dan mit dem Buch über Selbstverteidigung, biß ihn in die Hand, trat ihm gegen das Schienbein, während er die Zeitung an die Brust drückte, und fing an zu laufen. Er überlegte

nicht, wohin er lief, und dachte nicht darüber nach, was als nächstes geschehen würde. Er rannte einfach, von Dan verfolgt, aus dem Garten hinaus, über den Hang, der hinunter zum Strand führte, und rauf zum Klippenpfad, zu dem Sun Dance nicht gehen durfte, weil es dort gefährlich war.

Sun Dance hatte seinen Spaß. Dan war stark und langbeinig, doch Sun Dance war schnell und leicht. Er konnte so viel schneller als Dan rennen, daß er Zeit hatte, sich immer wieder umzudrehen und ihn zu beleidigen und zu verspotten. Dan versuchte dann jedesmal, ihn zu packen, stolperte und wurde noch wütender. Schon zu hören, wie Dan keuchte und fluchte, machte Sun Dance das größte Vergnügen.

Der Klippenpfad war gefährlich. Er brach ständig ein, weil es trotz vieler Versuche keine Möglichkeit gab, Wind und Wellen und Flut Einhalt zu gebieten.

Mrs. Brogan warnte ihre Gäste immer vor dem Klippenpfad, selbst Gäste, die sie nicht besonders mochte, und auch die Robinsons hatte sie gewarnt, als sie nebenan einzogen. Mr. und Mrs. Robinson hatten auf sie gehört und waren vorsichtig. Eines Nachmittags gingen sie sogar mit ihren Kindern hin, zeigten ihnen, wie gefährlich es auf dem Pfad sein konnte, und erklärten, warum sie ihn nie gehen durften. Alle Robinson-Kinder hatten hoch und heilig versprochen, den Klippenpfad zu meiden.

Seit damals hatten sie Knochen ausgegraben und sie unter das Pensionsschild ihrer Nachbarn gehängt, sie hatten den Hund angemalt, Eier in der Bibliothek fallen lassen, Tomaten an Landstreicher verteilt, bei selbstgebastelten Skeletten geschlafen, waren durchs Gewächshausdach gefallen und hatten versucht, auf der Polizeiwache einzubrechen, aber sie hatten ihr Versprechen gehalten und waren dem Klippenpfad ferngeblieben.

Jetzt vergaß Sun Dance völlig, daß es ein solches Versprechen je gegeben hatte. Er lief weiter, schwenkte die Zeitung über dem Kopf und beschimpfte Dan.

»Du kleiner Teufel!« keuchte Dan.

»Blutnasiger Einbrecher«, schrie Sun Dance. »Blutnasiger Einbrecher! Du wirst nach uralten Gesetzen verurteilt!«

»Wart es nur ab!« Dan wollte sich wieder auf Sun Dance stürzen, und wieder sprang Sun Dance geschmeidig weg, doch diesmal hatte er kein Glück. Bevor er bremsen konnte, rutschte er auf dem langen, feuchten Gras an der Klippenkante ab. Er schrie, schlug hektisch um sich und war weg. Im nächsten Moment stürzte Dan, der die Gefahr zu spät erkannt hatte, hinterher.

Während des Sturzes zog vor Dans geistigem Auge sein ganzes vergangenes Leben vorbei. Es war interessant und lenkte seine Gedanken vom Tod ab. Er bereute keinen Augenblick davon, außer natürlich seinen allerletzten Schritt auf den Klippen. Sun Dance erlebte nichts dergleichen. Keine Sekunde kam ihm in den Sinn, daß er wirklich in Gefahr sei, und er hatte recht.

Eine bessere Stelle für ihren Sturz hätten sie nicht suchen können. Die Stürme des vergangenen Winters hatten ein halbmondförmiges Pfadstück abgerissen, und es war weggerutscht, aber nicht in die Tiefe gefallen. Es hing etwa anderthalb Meter unter der Klippenkante und wurde nur ein bißchen abgestützt, war aber in einem Stück, und es wuchs immer noch Gras darauf. Sun Dance landete auf allen vieren auf diesem Grasfleck, doch Dan rutschte in den Spalt zwischen ihm und der Klippe. Direkt oberhalb der Knie blieb er stecken.

»Jetzt hab ich dich!« Sun Dance betrachtete Dan vergnügt.

»Verdammte Scheiße!« sagte Dan.

»Ja.«

»Bist du okay?« fragte Dan und bewies damit, daß Mrs. Brogan recht hatte, als sie sagte, er sei nicht durch und durch schlecht.

»Mir geht's gut«, antwortete Sun Dance fröhlich. »Aber dir nicht, stimmt's?«

»Ich stecke fest«, sagte Dan.

»Ja, ich weiß.« Sun Dance hüpfte befriedigt auf seinem Grasfleck herum. Während er hüpfte, gab es ein bedrohliches Krachen, dann prasselte Erde auf den felsigen Strand tief unten. Dan stellte fest, daß seine Beine plötzlich viel mehr Platz hatten.

»Rühr dich nicht!« sagte er ängstlich. »Sonst stürzt alles hinunter! Geh weg vom Rand!«

Sun Dance hüpfte noch mal, um zu prüfen, ob Dan recht hatte. Wieder bebte die Erde gefährlich. Sun Dance kroch verängstigt vom Rand weg und packte Dan am Arm.

»Halt still und laß mich nachdenken!« sagte Dan.

»Rutscht das weiter weg?«
»Ich glaube nicht, wenn du ganz still bleibst. Wenn du am äußeren Rand herumhüpfst, löst er sich.«
»Glaubst du, daß jemand kommt und uns rettet?«
»Niemand weiß, daß wir Hilfe brauchen, stimmt's?«
»Vielleicht kommt jemand über den Pfad.«
»Hier kommt selten jemand her«, sagte Dan. »Es ist gefährlich. Die Leute gehen über den Strand.«
»Und wenn wir noch hier sind, wenn es dunkel wird?«
Dan gab keine Antwort. Es war nicht die Dunkelheit, die er fürchtete. Die Dunkelheit würde sehr unangenehm sein, aber mehr auch nicht. Viel schlimmer wäre die Flut. Dann würden sich die Wellen unter ihnen brechen, und nach allem, was er wußte, würden sie ihr bißchen Halt ganz unterspülen. Er war an diesem Nachmittag schon zu sehr gelockert worden.
»Hör zu!« sagte er schließlich. »Hier können wir nicht bleiben!«
»Nein«, sagte Sun Dance kläglich.
»Und ich stecke fest. Ich stehe auf einer Art Sims, aber ich kann die Beine nicht richtig bewegen. Ich traue mich auch gar nicht, es zu versuchen, weil alles zusammenbrechen könnte. Ich kann nicht raus, aber du!«
»Wirklich?« Sun Dance schöpfte neuen Mut. »Wie?«
»Steh auf und probiere, wie weit du greifen kannst.«
Sun Dance streckte sich und stellte fest, daß er mit den Fingerspitzen gerade den Rand der Klippe erreichen konnte.
»Wenn du dich auf meine Schultern stellst, kannst du

dann die Ellbogen auf die Kante legen und dich hochstemmen, wie wenn du über eine Mauer kletterst?«
»Nein!« sagte Sun Dance überzeugt. »Dann brichst du zusammen!«
»Bestimmt nicht. Mir passiert nichts, wenn ich mich nicht seitwärts bewege. Es dauert nur eine Minute, dann bist du oben auf dem Pfad und kannst Hilfe holen.«
»Was passiert, wenn wir einfach hierbleiben?«
»Keine Ahnung. Ich weiß nur, was meiner Meinung nach passieren könnte.«
»Was?«
»Die Flut kommt und bricht von unten her dieses Stück ab, auf dem wir stehen, und wir fallen beide hinunter auf die Felsen.«
»Oh«, sagte Sun Dance.
»Also kletterst du hinauf?«
»Es passiert vielleicht nicht.«
Dan gab die Möglichkeit zu, aber er sagte, er hätte nicht viel Lust, abzuwarten, ob Sun Dance recht hatte. Außerdem würde es bei Flut dunkel sein, und an diesem Teil der Küste sei das Meer tief. Es klang, als hätte Sun Dance kaum eine Wahl. Mit Dans Hilfe kletterte er auf dessen Schultern, faßte hinauf, zog sich hoch und rollte einen Augenblick später gerettet über den grasigen Pfad. Sun Dance hatte noch nie etwas so Schönes gespürt wie die feste Erde unter sich.
»Jetzt«, rief Dan von unten, »geh und hole jemand! Versuch Robins Mom zu finden, sie kennt sich mit diesen Klippen aus. Aber renne nicht!«

»Nein«, sagte Sun Dance.
»Geh. Sei vorsichtig, aber geh, so schnell du kannst! Fall um alles in der Welt nicht noch mal über den Rand.«
»Bestimmt nicht«, sagte Sun Dance.
Dann folgte stundenlang Stille, wenigstens kam es Dan so vor. Er rieb seine schmerzenden Schultern. Sun Dance hatte ihn beim Hinaufklettern heftig getreten, nicht unabsichtlich, vermutete Dan. Er hoffte inständig, daß der kleine Robinson sicher nach Hause kam. Es war schrecklich, hier warten zu müssen. Dan machte den Fehler hinunterzuschauen und wünschte sofort, er hätte es nicht getan. Danach schloß er die Augen und verließ sich auf seine Ohren. Hoffnungsvoll horchte er auf den Klang von Schritten, von rufenden Stimmen, doch er hörte nichts außer den Wellen unten und dem gelegentlichen Schrei einer Möwe. Er überlegte, wie lange Sun Dance brauchen würde, bis er jemanden fand, der helfen konnte. Es kam ihm vor, als steckte er schon seit Wochen in dieser Spalte.
Plötzlich hörte er ein neues Geräusch. Eine Art Schlurfen im Gras über sich. Ein Kaninchen könnte dieses Geräusch machen, doch Dan hatte die gräßliche Ahnung, daß es kein Kaninchen war. Ein gelangweiltes, tonloses Summen folgte. Kaninchen summen nicht, dachte Dan, und plötzlich hatte er Angst.
»Hallo!« rief er.
»Hallo!« sagte Sun Dance und schaute über den Rand.
Dan starrte ihn ungläubig an. »Warum bist du noch da?« fragte er wütend.

»Ich bin eben da.«
»Ich dachte, du wärst schon ewig weg!«
»Das dachte ich mir«, antwortete Sun Dance. »Ich wollte gerade mal nach dir sehen!«
»Wo sollte ich denn hingegangen sein?«
»Du warst so still, daß ich dachte, du bist über den Rand gestürzt«, erklärte Sun Dance ruhig. »Ich habe mir Sorgen gemacht für den Fall, daß du auf dem Sand gelandet und zurückgegangen wärst und diese Nummer in der Zeitung angerufen und Robins Hundebelohnung bekommen hättest! Aber du steckst immer noch fest, stimmt's?«
»Ich glaub, ich hör nicht recht!« sagte Dan.
»Warum nicht?« fragte Sun Dance.
»Du mußt verrückt sein!«
»Bin ich nicht!« sagte Sun Dance empört. »Ich habe mir überlegt, was ich tue! Alles wird gut, denn wenn du hier bleibst, kannst du niemand etwas von Robins Hund sagen, und wenn ich hier bleibe, kann ich niemand sagen, daß du von der Klippe gefallen bist. Wenn ich nach Hause ginge, würde ich es vielleicht aus Versehen verraten. Deshalb machen wir das!«
»WAS!« schrie Dan.
»Nur bis morgen früh!« sagte Sun Dance.

7

Ungefähr jede Viertelstunde hatte Mrs. Robinson nachgeschaut, ob Sun Dance noch brav vor der Haustür saß und in seinem Buch las.

»Ich dachte doch gleich, es ist zu schön, um wahr zu sein!« rief sie, als sie entdeckte, daß er verschwunden war. Das Gartentor stand weit offen; sie lief hinaus und schaute die Straße hinauf und hinab, doch Sun Dance war nirgendwo in Sicht. Sie ging ins Haus zurück und rief nach ihm. Keine Antwort.

Mrs. Robinson wurde nervös. Im Haus war es sehr still, doch als sie wieder in den Garten ging, hörte sie drüben Böhnchen mit hoher, erregter Stimme nach Mrs. Brogan rufen.

»Schon wieder Pensionsgäste am Telefon! Sie sagen, sie haben vier normale Kinder und ob sie eine Woche bleiben können. Sie wollen mit dir reden!«

Mrs. Brogan lief ins Haus. Es war die dritte Reservierung an diesem Morgen und die zweite von Leuten, die stolz erklärten, sie hätten normale Kinder.

»Sie klingen nett!« sagte Böhnchen, als sie ihr den Hörer gab.

Sie klangen tatsächlich nett. Sie wollten Verwandte in der Stadt besuchen und brauchten für diese Zeit ein Quartier. Jemand hatte ihnen Mrs. Brogans Telefonnummer gegeben. Mrs. Brogan notierte die Reservierung und legte verblüfft auf.

»Wen wollten sie sprechen?« fragte sie Böhnchen.

»Meine Mom«, sagte Böhnchen, »aber ich habe ihnen gesagt, daß ich nicht hier wohne, dann wollten sie wissen, ob das Porridge Hall sei und ob sie mit dem Besitzer sprechen könnten, da habe ich dich geholt.«

»Heute morgen hat jeder nach Porridge Hall gefragt. Ich habe keine Ahnung, warum. Woher sie wohl den alten Namen wissen?«

»Er steht am Haus«, sagte Böhnchen. »Und er ist viel hübscher als Seeblick! Dad sagt immer, du hättest ihn nie ändern sollen!«

»Vielleicht sollte ich die Änderung rückgängig machen«, sagte Mrs. Brogan. »Hallo! Hier ist deine Mutter!«

»Mir war doch, als würde ich meine Kinder hören!« Erleichtert entdeckte Mrs. Robinson Böhnchen. »Wo ist Sun Dance? Ich habe ihm gesagt, er soll dableiben!«

»Hier ist er nicht«, sagte Mrs. Brogan. »Ist etwas passiert?«

»Ich glaube nicht«, antwortete Mrs. Robinson, »nur kann ich Sun Dance nicht finden. Ich dachte, vielleicht ist er hier ... Böhnchen habe ich sowieso hier vermutet. Störst du auch bestimmt nicht, Böhnchen? Du mußt herüberkommen, wenn Mrs. Brogan zu tun hat ... Er saß ganz brav vor dem Haus. Haben Sie ihn gesehen?«

»Ich glaube, ich bin ihm heute noch gar nicht begegnet«, sagte Mrs. Brogan. »Ich habe im Garten gearbeitet, und Böhnchen hat Telefondienst für mich gemacht. Vielleicht ist er den Zwillingen und Robin nachgelaufen?«

»Dann kriegt er Ärger«, sagte Mrs. Robinson grimmig und ging zurück, um noch einmal das Haus zu durchsuchen. Mrs. Brogan und Böhnchen überquerten die Straße und schauten am Strand nach Sun Dance aus, und dann kam Mrs. Brogan auf die schreckliche Idee, er könnte unter den Ruinen des Gewächshauses von nebenan liegen, und lief hinüber. Ihre Nachbarin hatte den gleichen Einfall gehabt.

»Dem Himmel sei Dank, daß er hier nicht ist!« rief Mrs. Brogan.

»Bestimmt mache ich mir grundlos Sorgen«, sagte Mrs. Robinson.

»Vielleicht könnte Alter Mop ihn suchen!« Böhnchen weckte Alter Mop, der auf Perrys Steppdecke geschnarcht hatte, und ließ ihn am Schlafanzug von Sun Dance schnüffeln. Alter Mop untersuchte ihn sorgfältig und lief dann zur Keksdose.

»Er glaubt, er ist da drin«, sagte Böhnchen.

»Von wegen!« sagte ihre Mutter ärgerlich. »Er ist nur gierig! Hat er wieder auf den Betten geschlafen?«

»Nur auf dem von Perry.« Böhnchen gab Alter Mop einen Keks.

»Gib ihm keine mit Schokolade! Er ist sowieso zu fett!«

Alter Mop und Böhnchen schauten sie vorwurfsvoll an, doch sie achtete nicht darauf. Bis die Zwillinge und Robin nach Hause kamen, hatte sie sich in einen Zustand hineingesteigert, in dem sie, wie Mrs. Brogan sagte, Blut und Wasser schwitzte. Sie lief ihnen entgegen und fragte: »Ist Sun Dance nicht bei euch?«

»Natürlich nicht«, sagte Perry. »Du hast gesagt, wir sollen ihn in Ruhe lassen.«

»Wir dachten, er ist euch vielleicht nachgelaufen«, sagte seine Mutter.

Sie schüttelten verständnislos den Kopf.

»Was willst du denn von ihm?« fragte Ant.

»Er ist weg«, erklärte Böhnchen. »Alter Mop hat seine Spur bis zur Keksdose verfolgt, aber dann ist er nicht mehr weitergekommen.«

»Sun Dance ißt keine Kekse«, sagte Ant. »Er ißt Tomaten. Habt ihr im Kühlschrank nachgeschaut?«

»Sei nicht albern, Ant!« sagte Mrs. Robinson. »Könntet ihr ihn in der Stadt verpaßt haben?«

»Ohne weiteres«, sagte Perry. »Es waren schrecklich viele Menschen unterwegs. Sollen wir zurückgehen und ihn suchen?«

Plötzlich fiel ihm der Besuch von Sun Dance auf dem Polizeirevier ein, und er überlegte, ob sein verwegener kleiner Bruder sein Glück noch mal versucht hatte.

»Es gibt nicht sehr viele Läden, in denen er sein könnte«, sagte Mrs. Robinson besorgt. »Aber vielleicht versucht ihr es in dieser kleinen Tierhandlung. Und Robin, schaust du dich noch mal am Strand um?«

Robin rannte sofort los, aber er kam rasch zurück und sagte, Sun Dance sei nirgendwo zu sehen.

»Er würde doch nicht auf die Klippen gehen, oder?« fragte Mrs. Brogan.

»Vielleicht gräbt er den Kotelettknochenmann aus«, sagte Böhnchen. »Er hat gesagt, das will er machen!«
»Dieser Schlingel!« rief Mrs. Robinson. »Aber im Garten haben wir ihn schon gesucht. Wir hätten ihn bestimmt gesehen.« Dennoch lief sie noch mal hinaus.
»Bestimmt mache ich viel Lärm um nichts«, gab sie dann zu. »Er würde nie in die Nähe der Klippen gehen. Er weiß, daß er das nicht darf. Bestimmt kommen die Zwillinge gleich mit ihm zurück.«
»Ich gehe noch mal zum Strand«, sagte Robin.
Lange schaute er in beiden Richtungen über den Sand. Aber von Sun Dance war immer noch nichts zu sehen. Robin wollte gerade umkehren, da fiel ihm ein Blinken in der Ferne auf, weit unten an der Küste, auf einer der vorspringenden Landspitzen. Es war so unheimlich vertraut, daß Robin stehenblieb und wartete, ob es sich wiederholte. Er wußte, daß er es schon mal gesehen hatte, nicht nur einmal, sondern häufig. Sehr häufig. Als er auf den Fleck starrte, wo es geblinkt hatte, blitzte es plötzlich wieder auf. Es war irgendwo am Klippenpfad.
Der Klippenpfad war für Robin ebenso verbotenes Gelände wie für die Robinson-Kinder. Dennoch ging er jetzt hinauf und folgte den Windungen. Auf halbem Weg wurde ihm klar, daß er gesehen hatte, wie sich die Sonne in den Brillengläsern von Sun Dance spiegelte. Er fing an zu laufen.
Als er näher kam, sah er Sun Dance. In gefährlicher Stellung beugte er sich über den Klippenrand und redete mit jemandem. Der Wind trug Robin seltsame Worte zu. Sun

Dance hielt wem auch immer einen Vortrag über sein Lieblingsthema.
»Uralte Gesetze!« hörte Robin. »Sie gelten wieder! Morgen sind sieben Tage vergangen. Nur so lange mußt du da bleiben.«
Die Antwort konnte Robin nicht verstehen, doch sie schien Sun Dance zu kränken, denn zu Robins Erleichterung rutschte er vom Klippenrand zurück, lehnte sich an einen Zaunpfosten und schien einzuschlafen.
»Sun Dance!« rief Robin.
Sun Dance öffnete die Augen und schaute auf.
»Was machst du denn da?« fragte Robin. »Deine Mom sucht dich. Sie wird noch verrückt vor Angst!«
»Ich habe eine Überraschung«, sagte Sun Dance stolz. »Schau über den Rand, dann siehst du sie!«
Aber Robin lag schon auf dem Boden. Er hatte einen Ruf gehört, der aus der Erde unter seinen Füßen zu kommen schien. Er schaute über die Klippe und sah direkt in Dans Augen.
»Mannomann!« sagte Robin.
Dan verlor keine Zeit mit Erklärungen oder Begrüßung. »Hör zu! In einer halben Stunde kommt die Flut, dann brechen sich die Wellen direkt unter mir, und ich bin sicher, daß dieses bißchen Boden sich immer mehr lockert. Meine Beine waren festgeklemmt, aber jetzt kann ich sie gut bewegen.«
»Hör nicht auf ihn!« sagte Sun Dance ernst. »Er sagt das nur, damit wir ihn heraufholen. Es ist ganz ungefährlich dort unten, solange man nicht herumhüpft! Ich bin auch

runtergefallen, aber ich bin wieder raufgekommen!«

»Er ist verrückt! Ganz bestimmt! Er hat dort oben stundenlang Quatsch verzapft!« sagte Dan.

»Wie hast du es geschafft raufzukommen?« fragte Robin Sun Dance.

»Ich bin auf Dans Schultern gestiegen«, sagte Sun Dance ohne jedes Schamgefühl. »War das nicht mutig von mir?«

Robin schaute hinunter, und Dan schaute herauf, und zum ersten Mal in ihrem Leben sahen sie einander in völligem Einverständnis an. Sun Dance schien keine Ahnung zu haben, wie schändlich er sich verhielt, aber jetzt war nicht der geeignete Moment, ihm das zu erklären.

»Hast du einen Gürtel oder so was?« fragte Dan. »Ich kann freikommen, aber ich wage mich nicht zu bewegen, wenn ich mich nirgends festhalten kann.«

»Ich habe was viel Besseres als einen Gürtel.« Zum Entsetzen von Sun Dance zog Robin aus seiner Tasche die extra lange, extra starke Hundeleine, die er für Freitag besorgt hatte. Der Verkäufer hatte nicht gelogen, als er sagte, sie würde fast alles halten. Und die Leine hielt, ein Ende um den Zaunpfosten geschlungen, das andere um Dans Handgelenk, während Robin zog und Dan kletterte und Sun Dance widerwillig nach Robins Anordnung mit einer Hand nachlässig zog und dabei sagte, das alles sei ganz unnötig.

»Ich sehe nicht ein, warum wir ihn nicht noch ein bißchen da unten lassen können«, brummte er. Erst als bei Dans letztem Tritt das ganze abgebrochene Stück Gras und

Klippe plötzlich ins Meer stürzte, bekam er Angst und änderte seine Meinung. Keuchend vor Furcht zog er so fest, daß Dan über den Klippenrand schoß und auf der Nase landete.

Genau wie Sun Dance vorhin lag Dan lange Zeit ausgestreckt auf dem Gras und klammerte sich an den festen Boden. Als er wieder zu sich kam, klopfte ihm jemand auf den Rücken und gratulierte ihm zu seiner Rettung.

»Nur keine Sorge!« sagte Sun Dance freundlich. »Ich habe dich hochgezogen! Jetzt ist alles in Ordnung!«

Dan rollte sich herum und starrte ihn ungläubig an.

»Deine Nase blutet.« Besorgt musterte Sun Dance Dans Gesicht.

»Ich habe sie mir angeschlagen, als ich über den Rand geklettert bin«, sagte Dan. »Sie blutet nur ein bißchen!«

Robin grinste verlegen, dann fiel ihm plötzlich die Suchaktion zu Hause ein.

»Deine Mom sucht dich seit einer Ewigkeit!« sagte er zu Sun Dance. »Los jetzt! Wir sollten machen, daß wir zurück sind, bevor sie die Polizei anruft!«

»Ist sie sauer?« fragte Sun Dance.

»Und wie! Und sie wird noch wütender sein, wenn sie erfährt, wo du gewesen bist.«

»Das macht ihr bestimmt nichts aus, wenn sie erst hört, was ich gemacht habe«, sagte Sun Dance zuversichtlich.

»Sie geht an die Decke, wenn sie hört, was du gemacht hast«, sagte Robin, doch Sun Dance erklärte, das glaube er nicht.

»Nicht, wenn sie hört, wie ich Dan gerettet habe.«

»Was hast du?«

»Dich gerettet. Oder etwa nicht?« Sun Dance wartete die Antwort nicht ab. Vergnügt hüpfte er davon, ohne auf Robins und Dans Warnrufe zu achten, lief eine kurze Strecke über den Pfad und blieb dann stehen und wartete.

»Du fällst noch mal über den Rand!« Dan unterbrach seine Schilderung des Nachmittags und beobachtete Sun Dance, der auf einem Fuß balancierte wie ein Seiltänzer.

»Wir sollten ihn an die Leine nehmen!«

»Komm zurück, und geh mit uns, bevor du hinunterfällst!« rief Robin.

»Ich falle nicht!« sagte Sun Dance, und Robin, der ihn scharf beobachtete, sah, daß es stimmte. Auch wenn die Schritte von Sun Dance so ziellos aussahen wie Regentropfen, die in eine Pfütze fallen, waren sie doch so genau berechnet wie die Preise in der Pension. Robin konnte sehen, daß er vollkommen sicher war und sich so absolut darauf konzentrierte, nicht von der Klippe zu fallen, wie er in die Schwierigkeiten der Landstreicher oder die Gültigkeit uralter Gesetze vertieft gewesen war. Dan erkannte das nicht. Er sah, wie Sun Dance mit dem Tod über den Klippenrand tanzte, und sagte:

»Es wundert mich, daß sie ihn aus dem Haus lassen!«

»Ich glaube nicht, daß sie es noch mal tun«, sagte Robin.

»Nicht, wenn seine Mutter erfährt, was heute nachmittag passiert ist.«

»Was glaubst du, was sie macht? Meine würde mir eine

ordentliche Tracht Prügel verpassen!«
»Das macht sie bestimmt nicht! Sie läßt ihn einfach nicht mehr aus den Augen!«
»Oh!« sagte Dan, dem Freiheit mehr bedeutete als Bequemlichkeit oder Sicherheit. »Der arme kleine Kerl! Mir wären die Prügel lieber.« Schweigend stapfte er weiter.
»Tut mir leid wegen deiner Nase«, sagte Robin, als sie fast am Ende des Pfades waren.
»Ich habe dir doch gesagt, ich habe sie mir beim Hochklettern angestoßen.«
»Ich meine die anderen Male. Ich habe nicht gewußt, daß sie so leicht blutet.«
»Wahrscheinlich hast du gedacht, das kommt von deinem phantastischen Schlag!«
»Stimmt«, sagte Robin enttäuscht, aber ehrlich.
»Ha!« Doch Dan, vielleicht von Robins Aufrichtigkeit gerührt, setzte hinzu: »Ich hätte nichts über diesen Hund gesagt, wenn ich gewußt hätte, daß du dir solche Sorgen machst. Ich dachte nur, ich könnte mir genausogut die Belohnung holen. Ich habe nicht die Hälfte von dem verstanden, was der Kleine gesagt hat.«
»Das geht wohl den meisten Leuten so.« Robin erzählte Dan von Freitag und der schrecklichen siebentägigen Warterei, sogar von der Karte im Ladenschaufenster, von den Moores, die als Pensionsgäste gekommen waren und ihm von dem Hund erzählt hatten, der Mr. Moore weggelaufen war. Es erleichterte ihn, das jemandem zu erzählen, besonders Dan, der ihn nicht dauernd mit undurchführbaren Plänen unterbrach, wie es die Zwillinge getan

hätten, oder ihn zu trösten versuchte wie seine Mutter. Dan hörte schweigend zu, bis Robin zu dem zweiten erfolglosen Telefonanruf kam. Dann sagte er nur: »Du bist zu weich! Ich hätte nie angerufen!«

»Was hätte ich denn sonst machen sollen?«

»Gar nichts sagen. Sie hätten es nie erfahren.«

»Die Polizei hätte es ihnen sagen können.«

»Du hättest ihn erst gar nicht der Polizei geben sollen.«

»Das hat meine Mom gemacht.«

»Du hättest es nicht zulassen sollen«, sagte Dan entschieden, aber als Robin fragte, wie er sie daran hätte hindern können, schwieg Dan. Er hatte noch nicht herausgefunden, wie er seine eigene Mutter von Dingen abhalten könnte, die sie für richtig hielt.

»Schau mal!« sagte Dan plötzlich.

Sun Dance hatte das Ende des Klippenpfads erreicht, und aus dem Nichts kamen seine Angehörigen. Sie stürzten sich auf Sun Dance und Robin und Dan, hielten sie fest und verlangten Erklärungen.

»Du hast mir versprochen, *du hast mir versprochen*, daß du nie auf diesen Pfad gehen würdest!« schimpfte Mrs. Robinson, packte Sun Dance an den Schultern und umarmte und schüttelte ihn zugleich.

»Dans Nase hat geblutet wie verrückt!« Sun Dance versuchte sich zu befreien.

»Ihr habt schon wieder miteinander gekämpft!«

»Gar nicht!« sagten Sun Dance und Robin und Dan empört und gemeinsam, und es kam ihnen gar nicht in den Sinn, daß es als Kämpfen betrachtet werden könnte, wenn man Leute über die Klippen hetzte und vorhatte, sie die ganze Nacht auf abbröckelndem Boden stehenzulassen.

»Was genau ist eigentlich passiert, Robin?« fragte Mrs. Robinson.

»Also ...« sagte Robin und schwieg.

»Ja?«

»Ich weiß nicht genau, wie es angefangen hat, aber ...«

»Dan ist von der Klippe gefallen!« unterbrach ihn Sun Dance. »Und ratet mal, wer oben geblieben ist und ihn mit Robins Hundeleine heraufgezogen hat! Ja! Und das Klippenstückchen, auf dem Dan war, ist hinunter ins Meer gestürzt!«

»Du hättest umkommen können!« rief Mrs. Robinson, und sie sah Dan so wütend an wie noch vor einem Augenblick Sun Dance.

»Und ich habe ihn heraufgezogen!« sagte Sun Dance. »Und er ist über den Rand auf den Pfad geschossen und hat sich die Nase aufgeschlagen. Ein Glück, daß ich da war!«

»Robin, ist das wahr?« fragte Mrs. Robinson.

»Na ja, ich habe auch gezogen«, sagte Robin. »Aber Sun Dance hat geholfen.«

»Wenn ich nicht dagewesen wäre, hättest du noch nicht mal gewußt, wo Dan war!« protestierte Sun Dance.

»Wahrscheinlich nicht«, sagte Robin, und Dan sagte seltsamerweise gar nichts, selbst als die Zwillinge und Böhnchen sich um den unbescheidenen Sun Dance drängten und ihn als Helden feierten.

»Komm, wir machen, daß wir wegkommen, solange sie noch alle reden«, murmelte Dan Robin zu, und Robin nickte und lief mit Dan in den Garten der Brogans, bevor Mrs. Robinson noch weitere Fragen stellen konnte.

»Glaubst du, er kommt damit durch?« Dan drehte sich nach Sun Dance um.

»Ich hoffe es«, sagte Robin. »Besonders weil er versucht hat, Freitag für mich zu retten. Und niemand ist etwas passiert, außer deiner Nase.«

»Das zählt nicht«, sagte Dan. »Aber weißt du was? Er glaubt wirklich, daß er mich hinaufgezogen hat! Er glaubt das tatsächlich!«

»Natürlich. Wahrscheinlich ist er jetzt dein Freund fürs Leben, ob es dir paßt oder nicht! Komm lieber rein, und wasch dir das Blut ab, bevor deine Mom dich sieht.«

Er stieß die Haustür auf und wurde von der Stille überrascht. Kein Radio, kein Fernseher, kein Klappern aus der Küche, keine Stimmen, keine Schritte. Es war, als würde das Haus auf ihn warten.

»Bist du das, Robin?« rief seine Mutter aus der Küche. »Böhnchen hat mir gesagt, daß Sun Dance in Sicht ist, deshalb bin ich wieder hereingegangen. Sind alle okay?«

»Ja«, rief Robin. »Ich habe nur Dan mitgebracht, damit er ...«

»Mach die Haustür zu!« rief seine Mutter, und einen Augenblick später krachte es, Füße tapsten auf den Fliesen, und ein kleiner schwarzer Hund schoß durch die Diele und in Robins Arme.

»Ich wußte, daß er sich an dich erinnern würde«, sagte Mrs. Brogan zufrieden. »Er hat sich an mich erinnert, sowie er mich sah! Hallo, Dan! Warst du im Krieg?«

»Es ist bloß meine Nase«, sagte Dan verlegen. »Robin hat gemeint, ich könnte hereinkommen und mich waschen. Ich dachte, die sieben Tage wären erst morgen vorbei.«

»Ich habe heute morgen angerufen, und sie sagten, wir könnten ihn heute abend haben«, erklärte Mrs. Brogan. »Da bin ich los und habe ihn am Nachmittag geholt. Ich wäre nicht weggegangen, wenn ich nicht halb damit gerechnet hätte, Sun Dance dort zu treffen! Ist ihm wirklich nichts zugestoßen?«

»Es geht ihm gut.« Robin lag auf den Knien und versuchte Freitags sabbernde Zunge abzuwehren. »Er läßt sich gerade für die Rettung von Dan feiern! Stimmt's, Dan?«

»O ja.« Dan schaute unsicher von Robin zu Mrs. Brogan. »Er ist dort draußen und erzählt ihnen die ganze Geschichte.«

»Wovor hat er dich gerettet, Dan?« fragte Robins Mutter. Nachdem Dan keine harmlose Antwort auf diese Frage einfiel, starrte er Mrs. Brogan mit dem glasigen Blick an, den er gewöhnlich für seine Lehrer aufsparte.

»Sag bloß nicht, du hast es vergessen?« sagte Mrs. Brogan.

Dan wollte das gerade zugeben, als Robin sich einmischte. »Er ist ausgerutscht, nicht wahr, Dan? Und Sun Dance hat ihn hochgezogen.«

»Ist das alles?« fragte Mrs. Brogan enttäuscht.
»Mehr oder weniger«, sagte Dan.
»Schön, dann wasch dir das Blut ab, und ruf deine Mutter an und frag, ob du zum Abendessen bleiben kannst«, sagte Mrs. Brogan. »Ich sehe schon, daß ich nicht mehr aus euch herausbekomme! Und Robin hat noch kein Wort zu meiner wunderbaren Überraschung gesagt!«
»Seinem Fuß geht's besser«, sagte Robin.
»Er muß noch herausgefüttert werden«, sagte Mrs. Brogan. »Gib mir deinen Pullover, Dan, dann weiche ich ihn ein, bevor das Blut trocknet. Für den Heimweg kannst du dich in einen von Robin zwängen. Seid ihr sicher, daß Sun Dance der Held dieses Abenteuers war?«
»Mom!« sagte Robin, während Dan sich den Pullover über den Kopf zog und verborgen blieb, bis dieses Frage-Antwort-Spiel vorbei war.
»Schon gut, schon gut!« sagte Mrs. Brogan, und Dan lief hinauf ins Bad, bevor sie noch etwas sagen konnte.
»Vielen Dank, daß du Freitag geholt hast«, sagte Robin. »Vielen, vielen Dank! Er sieht viel besser aus.«
»Was plagt dich denn, Robin?« fragte Mrs. Brogan. »Ich dachte, du wärst im siebten Himmel.«
»Bin ich auch!«
»Bist du nicht!«
»Ich muß nur dauernd an die Leute denken, denen er gehört hat. Was ist, wenn sie ihn immer noch zurückhaben wollen?«
»Sie hatten die ganze Woche Zeit, ihn zu suchen, nach

ihm zu fragen und eine Anzeige aufzugeben«, sagte seine Mutter entschieden. »Ich bin überzeugt, daß er ausgesetzt worden ist, der arme kleine Hund. Die Zwillinge glaubten das von Anfang an, nicht wahr, und der Tierarzt, der sein Bein versorgt hat, dachte es auch.«
»Wirklich?«
»Ja, also Kopf hoch! Schau dir sein Fell an! Ich glaube, es wird recht lang. Was für eine Rasse mag er sein?«
»Die Zwillinge hielten ihn für eine Art Spaniel«, sagte Robin.
»Das hat der Tierarzt auch gesagt. Ein bißchen sonstwas, aber spanielähnlich.«
Robin fuhr zusammen, als hätte ihn plötzlich etwas gestochen, doch zum Glück tauchte in diesem Moment Dan oben an der Treppe auf und hielt sich schützend die Nase.
»Es tut mir sehr leid, aber es hat wieder angefangen«, sagte er, und in den nächsten Minuten, in denen es um Blut und Entschuldigungen ging, konnte Robin sich zusammenreißen.
Sie aßen vergnügt zu Abend, und danach schlug Mrs. Brogan vor, sie sollten Freitag für ein paar Minuten nach nebenan bringen, doch weder Robin noch Dan sahen begeistert aus.
»Macht es dir was aus, wenn wir das nicht tun?« fragte Robin. »Nicht heute abend? Mrs. Robinson wird nur wieder Fragen stellen …«
»Ah, der heldenhafte Sun Dance!« sagte Mrs. Brogan. »Vielleicht hast du recht!«

Dan sah erleichtert aus und Robin noch mehr. Er konnte sich nicht vorstellen, wie Sun Dance reagieren würde, wenn er Freitag wiedersah und Freitag dann erneut verschwinden mußte. Robin versuchte sich zu etwas sehr Schwierigem aufzuraffen, und je weniger Menschen davon betroffen wurden, um so besser.

Es wurde später, und dann war es Zeit für Dan, nach Hause zu gehen. Sie standen mit Freitag zwischen sich im düsteren Garten, als Dan sagte: »Also, du hast deinen Hund.«

»Ja.« Unsicher streichelte Robin Freitags Rücken.

»Du mußt ihn nur von dieser Adresse in der Zeitung fernhalten. Und vielleicht nimmst du ihn besser nicht mit in die Stadt für den Fall, daß ihr diese Leute trefft.«

»Ja«, sagte Robin, »und vielleicht nicht an den Strand, falls ich sie dort sehe, oder sonstwohin. Und die ganze Zeit werde ich mich fragen, wer sie sind und wie lange ich ihn behalten darf.«

»Wahrscheinlich ist das alles, was du tun kannst.« Dan bückte sich und kraulte Freitag am Kopf.

»Das wird nicht sehr lustig«, sagte Robin.

»Nein.« Nachdenklich stimmte Dan zu.

Plötzlich entschied sich Robin. »Ich gehe zu ihnen. Ich sage ihnen, daß ich Freitag habe, und ich sage ihnen, was ich davon halte, wie sie ihn behandelt haben, und ich biete ihnen an, ihn zu kaufen. Mom hat gesagt, das würde sie tun. Und ich gehe sofort! Ich kann nicht noch eine Nacht warten!«

»Ich komme mit«, sagte Dan. »Und wenn ich du wäre,

würde ich Freitag nicht mitnehmen. Sie sollen kommen und ihn holen, wenn sie ihn so unbedingt haben wollen.«

Robin hielt das für eine gute Idee und brachte Freitag zurück ins Haus.

»Wo ist die Zeitung mit der Adresse?« fragte er Dan, als er zurückkam.

»Sun Dance hat sie gehabt, wenigstens hatte er sie, als er stürzte. Ich wette, er hat sie fallen lassen! Wahrscheinlich treibt sie jetzt im Meer. Hat deine Mom keine Zeitung?«

»Nein«, sagte Robin.

»Dann holen wir unsere.«

Das war nicht so einfach, wie es klang. Dan hätte längst zu Hause sein sollen, und seine Mutter ließ ihn nur sehr widerwillig noch mal weg. Robin, der vor dem Haus wartete, hatte die Hoffnung fast aufgegeben, als Dan herauskam.

»Du hättest mit reinkommen sollen«, sagte Dan. »Warum hast du das nicht gemacht?«

»Ich hatte keine Lust, alles noch mal zu erklären. Und außerdem, was ist mit deiner Nase?«

»Was ist damit?«

»Deine Mutter fand das nicht so gut, daß ich sie dir blutig geschlagen habe«, antwortete Robin kleinlaut.

Dan grinste plötzlich. »Sie hätte mir bestimmt verboten mitzukommen. Aber Dad ist zu Hause, und als ich ihm sagte, was wir vorhaben, ließ er mich gehen.«

Dan hielt plötzlich inne und wurde unter seiner Sonnen-

bräune dunkelrot, weil er das verbotene Wort ausgesprochen hatte. Doch Robin schien es nicht gemerkt zu haben.
»Tut mir leid!« sagte Dan.
»Was?«
»Daß ich von meinem Dad geredet habe.«
»Warum denn?« fragte Robin überrascht.
Dan wurde noch röter. »Weil deiner ... weil er ... dein Dad ist ...«
»Ist tot«, sagte Robin ruhig. »Es ist ganz in Ordnung, das zu sagen. Warum hat dein Vater dir erlaubt mitzugehen?«
»Weil ich ihm sagte, mit wem ich gehe. Er hat deinen Vater gekannt. Sie waren Freunde oder so, als sie noch zur Schule gingen. Bevor mein Vater als Fernfahrer anfing.«
»Ich habe nicht gewußt, daß dein Dad Fernfahrer ist.«
»Deshalb ist er nie zu Hause.«
»Hat dein Dad gewußt, daß meiner umgekommen ist?« fragte Robin neugierig.
»Natürlich! Ich erinnere mich noch genau an den Tag! Es war schrecklich! An diesem Tag wollten wir in Urlaub fahren, aber wir sind zu Hause geblieben.«
»Warum?«
»Weil Dad zu deprimiert war. Wir wollten nach Schottland und ein Boot mieten, aber wir haben es nie gemacht.« Selbst jetzt, zwei Jahre später, empfand Dan noch die Enttäuschung über diesen aufgegebenen Urlaub. Robin hörte es seiner Stimme an.

»Ihr hättet fahren sollen«, sagte er.
»Jetzt ist es nicht mehr wichtig«, antwortete Dan und merkte, daß es endlich wirklich nicht mehr wichtig war. »Dad hat gesagt, ich soll dich mal mitbringen.« Überrascht sah er, wie Robin sich freute.

Während sie sich unterhielten, war Dan aufgefallen, daß Robin immer schneller ging. Bis sie endlich an den Abteiweg kamen, rannte er fast.
»He! Ein bißchen langsamer!« sagte Dan atemlos.
»Entschuldige!«
Sie bogen um die Ecke und standen vor dem Haus. Vor den erleuchteten Fenstern von Nummer 2 blieben sie stehen und nahmen ihren ganzen Mut zusammen.
»Was machen wir, wenn sie ihn nicht verkaufen wollen?« fragte Robin.
Dan stützte den Kopf in die Hände und überlegte. »Ich frage meinen Dad«, sagte er schließlich, und Robin schien das für keine schlechte Idee zu halten.
»Dann komm jetzt.« Aber in diesem Augenblick wurde die Haustür geöffnet, und Lichtschein fiel in den Garten. In das Licht watschelte ein dickes schwarzes Fellbündel, dahinter kam eine dünne alte Dame.
»Nicht zu weit, Wächter!« rief sie. »Nicht, daß du dich wieder verläufst!«
Sie sah Robin und Dan, die mit offenem Mund das schwarze Bündel anstaunten. »Hallo!« sagte sie.
Dan fand zuerst die Sprache wieder. »Ist das Ihr Hund?«

»Ja«, antwortete sie. »Das ist Wächter!«
»Der, den Sie mit einer Karte und einer Anzeige in der Zeitung gesucht haben?« fragte Robin.
»Ja, das stimmt. Wir haben sogar Dutzende von Karten ausgehängt, nicht nur eine. Und vor drei Tagen kam er nach Hause, aber leider haben wir es nicht mehr geschafft, die Anzeige zurückzuziehen.«
Robin und Dan starrten immer noch das große haarige Bündel an, als sie es zu sich rief und zurück ins Haus führte. Es war zweifellos schwarz, und es hörte (unter Stöhnen) auf den Namen Wächter, und es könnte sogar einmal einem Spaniel geähnelt haben (bevor es soviel fraß), aber es glich in nichts Freitag oder irgendeinem anderen Hund, den Robin oder Dan je gesehen hatten.
»Und für so was wäre ich fast gestorben!« sagte Dan empört.
»Ja!« Und Robin tanzte so wild unter den Straßenlaternen wie Sun Dance auf den Klippen.
»Er hat ausgesehen wie ein Haufen alter Mäntel!« sagte Dan angewidert. »Jedenfalls brauchst du dir jetzt keine Sorgen mehr zu machen! Du hast deinen Hund! Hör auf, so herumzuhüpfen! Diese alte Frau beobachtet dich durchs Fenster!«
Robin gab seine wilden Sprünge auf und fand zu seinem üblichen ruhigen Selbst zurück, doch innerlich jubelte er vor Glück.
»Man sollte nicht glauben, daß du mal Angst vor Hunden gehabt hast.« Dan schlenderte neben ihm her. »Warum grinst du so?«

»Ich habe gerade daran gedacht, wie sich Sun Dance freuen wird.«

»Sun Dance!« wiederholte Dan. »Oh! Jetzt weiß ich wieder, was ich dich fragen wollte! Wovon er ständig redet! Jemand, den sie begraben haben! Kotelettknochenmann! Was meint er damit?«

»Komm morgen vorbei, dann zeigen wir's dir!« sagte Robin.

8

Als der Sommer fast vorbei war und die Herbststürme schon bliesen, bekam Mrs. Brogan einen Brief von Mr. und Mrs. Moore. Sie las ihn einmal, dann nahm sie ihn mit zu ihren Nachbarn und las ihn noch mal.

Liebe Mrs. Brogan,
könnten Sie uns für eine Woche Ende Oktober Zimmer reservieren? Diesmal würden wir zu viert kommen, mit Freunden, die auch frische Seeluft nötig haben.
Als wir im August von Eastcliffe abreisten, kauften wir die Lokalzeitung – von Ihrer Anzeige waren wir sehr beeindruckt! Mein Mann war überzeugt, daß sie nur das Werk Ihrer unternehmungslustigen Nachbarn sein konnte! Wir freuen uns auf die Gespenster!
Es kommt uns vor, als wären wir mitten in einer Geschichte weggefahren. Grüßen Sie Sun Dance und Böhnchen und Co. herzlich von uns. Wir hoffen sehr, daß Hund Freitag jetzt wieder bei Robin ist.
Wir freuen uns darauf, von Ihnen zu hören.

Mit besten Wünschen
Ann Moore

P. S. John bittet darum, Böhnchen auszurichten, daß unsere Freunde genug eigene Handtücher haben und daß ihre Haare sicher auf den Köpfen festgewachsen sind!

»Sind das meine Pensionsgäste?« Böhnchen strahlte wie ein Honigkuchenpferd.
»Ich erinnere mich an sie«, sagte Sun Dance. »Der Mann hat meinen Nachtisch gegessen und geweint.«
»Jeder kennt diese Anzeige«, sagte Robin. »Den ganzen Sommer haben die Leute Gespenster in Porridge Hall gesehen! Das ist nie zuvor passiert! Wen meint sie mit unseren unternehmungslustigen Nachbarn?«
»Wen wohl?« fragte Mrs. Brogan. »Und ich habe dich den ganzen Sommer verdächtigt, Robin! Der kluge Mr. Moore! Wie konnte ich nur so schwer von Begriff sein! Perry und Ant! Wie komme ich zu der Ehre?«
»Die Anzeige war eine Entschädigung für den Kotelettknochenmann«, sagte Ant, und Perry ergänzte: »Es hat geklappt, stimmt's?«
»Ja«, sagte Mrs. Brogan. »Wahrscheinlich wird Porridge Hall diesen Ruf nie wieder los werden, aber geklappt hat es ...«
»Letzten Endes«, sagte Sun Dance.
»Letzten Endes«, sagte Mrs. Brogan.